JN097575

お針子令嬢と氷の伯爵の白い結婚

Presented by
岩上 翠
Sui Iwakami

Illustration
サザメ漬け
Sazameduke

Contents

プロローグ　008
第一章　お針子令嬢　012
第二章　シアフィールドへ　039
第三章　サラ　060
第四章　ミドルトン一族　084
第五章　サッシュとドレス　126
断章　戦場の貴公子　163
第六章　波乱　170
第七章　銀の裏地　204
断章　氷の伯爵の恋わずらい　248
エピローグ　259

「セラフィナ嬢。
私の申し出を怪訝に思って
いらっしゃるようなので、
率直にお話しさせていただきたい」
「は、はい……」
どんな話かと身構える。
やっぱり、私をミリアムと間違えて求婚してしまったとか？
十分あり得る……
でも今ならキャンセルできるから、大丈夫ですよ……？
けれどミドルトン伯爵の口から出たのは、
思いもよらない言葉だった。
「私はこの結婚を『白い結婚』、
つまり形式的な結婚として、
あなたに申し込んでいるのです」
「……『白い結婚』ですか？」

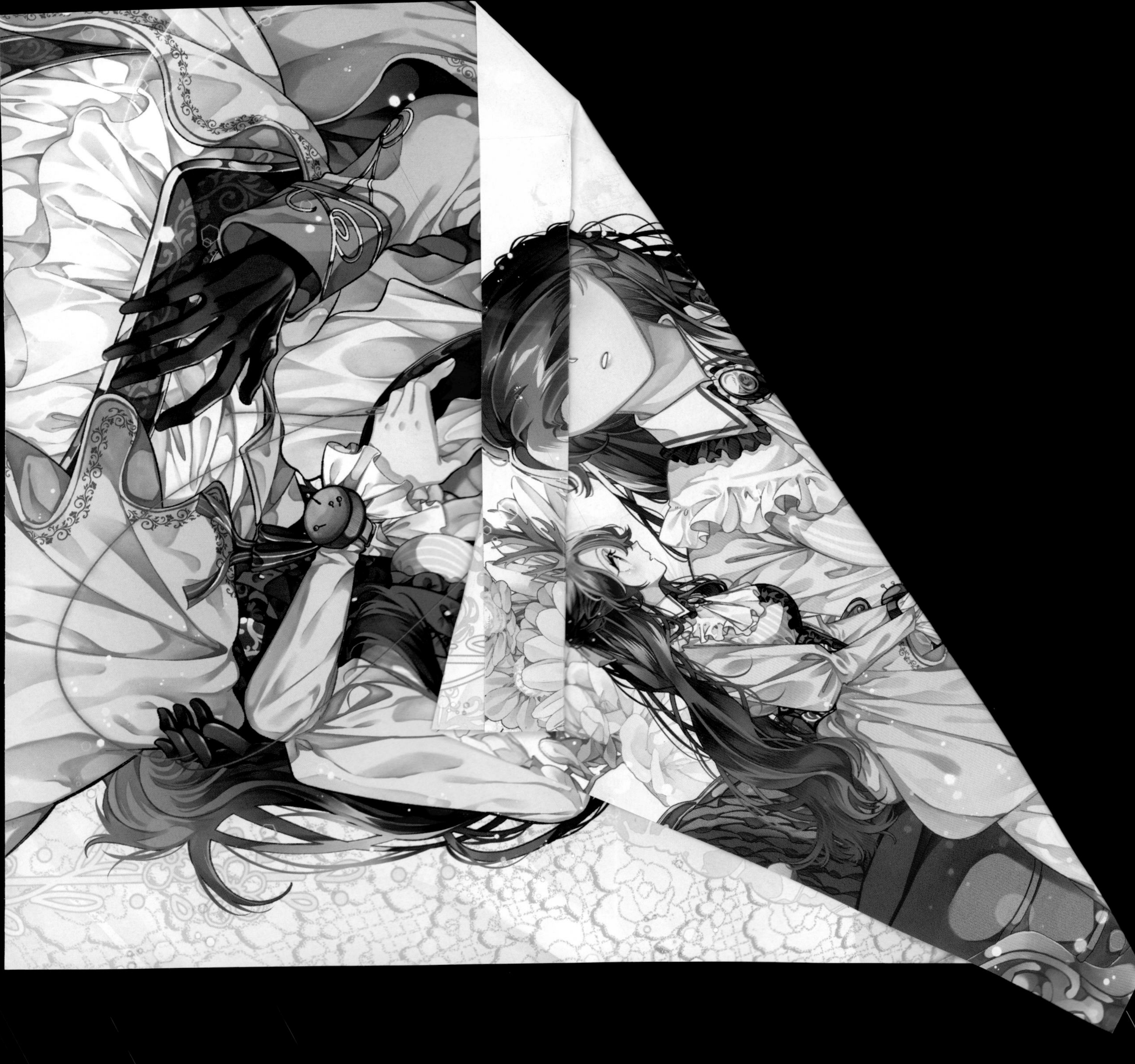

Presented by
岩上 翠
Sui Iwakami

Illustration
サザメ漬け
Sazameduke

Character

セラフィナ
アーチボルド家の長女。
魔力を持たないお針子令嬢。

アレクシス
氷の伯爵の異名を持つ
シアフィールドの領主。

フレデリック
四大公爵家ハワード家の三男。

コンラッド
セラフィナの婚約者。

ミリアム
セラフィナの実妹。

プロローグ

夏の終わりの昼下がり。

王都にある王立公園の銀杏（いちょう）並木は、散歩を楽しむ人たちで賑（にぎ）わっていた。

腕を組んで歩く幸せそうな恋人たちも多い。

コンラッド様と私も、そんな風に腕を組んで並木道を歩く婚約者同士だった。

整った横顔を、ちらりと見上げる。

それに気づいてほほえんでくれる彼に、私も笑顔を返した。

婚約して二年になるけれど、おとぎ話の騎士のように素敵なコンラッド様と結婚できるなんて、まだ夢のようだった。

本当にそれが夢で終わることなど、想像もしていなかったのだ。

突然、コンラッド様がふつりと笑顔を消し、足を止め、私の手をふりほどいて。

そのセリフを告げるまでは。

「セラフィナ、君との婚約を解消したい」

一瞬、何を言われているのか理解ができなかった。

けれど、じわじわと頭がその言葉を理解していくにつれて、体がすうっと冷えていく。

「……え？　ど、どういうことでしょうか？　何か、私に婚約者としての落ち度でも……」

「いや、そういうわけじゃなくてさ……」

「コンラッドは私と結婚するからよ、お姉様」

その声を聞いた途端、心臓が止まりそうになった。

勝ち誇ったように笑顔で現れたのは、お姫様のように美しい、私の一つ下の妹。

ミリアム・アーチボルドだ。

するり、とミリアムに腕をからめられ、コンラッド様が目尻を下げる。

それは私には一度も見せたこともないような、とても親密な表情で。

「ミリアム、向こうで大人しく待ってろって言っただろう？」

「だって、コンラッドが遅いんだもの。待ちくたびれちゃったわ」

コンラッド様は私に向き直った。

「そういうことだからさ、わかってくれるだろう？　セラフィナは優しいもんな？」

……わかるわけがないわ。

そう思ったけれど、そんなことは言えなかった。

いつの間にかこんなにも親しげになっている二人の様子を見たら、今さら何を言っても無駄だということくらいは、私にもわかる。

人目を引く華やかな美男子で「奇跡の騎士」とまで謳われるコンラッド様の隣には、親の決めた婚約者である地味で平凡な私よりも、魔力も容姿もはるかに上のミリアムの方がふさわしい、ということも。

ミリアムのこの堂々とした態度で、きっと、双方の両親にも既に話がついているのだろうということも、わかってしまう。

知らなかったのは、きっと私だけで――

自分がみじめで、一刻も早くここから逃げ出したい。

けれど、私はまがりなりにも貴族令嬢だ。

往来でみっともない真似はできない。

声が震えそうになるのをこらえ、なけなしの精神力をふり絞って。

自分の心とは裏腹な言葉を告げた。

「……コンラッド様、婚約の解消を承りました。それでは、私はこれで失礼いたします」

お辞儀をして背を向け、やっと涙をこぼせる……と思ったのも束の間。

「あ、待って！」

コンラッド様に呼ばれ、かすかな期待をこめて振りかえる。

「冗談だよ」と笑って、コンラッド様が戻ってきてくれるのかもしれない、と。

でも彼はミリアムに寄りそったままで、ぽいっと無造作に、私に何かを投げてきた。

慌ててそれを受け止める。

それは、以前私がコンラッド様の紋章を刺繍して贈った、青いスカーフだった。

「二年前、戦場へ行く前に君にもらったスカーフなんだけどさ、俺には地味過ぎて、コートのポケットに入れたまま忘れてたんだよね。もういらないし、それ、君に返すよ」

「うふふ。『お針子令嬢』のお姉様は背伸びをしてコンラッドと付き合うよりも、一人で刺繍している方がお好きよね？　コンラッドに似合うスカーフなら私が選んであげるわ」

「ああ、頼むよ。じゃあこの先の店で……」

しわくちゃになったスカーフを見つめたまま、二人が遠ざかり、声が聞こえなくなっても、私はその場に立ち尽くしていた。

第一章　お針子令嬢

両親はもちろん私とコンラッド様の婚約解消のことを知っていた。

そして当然のように、ミリアムをかばった。

お父様は眉間(みけん)にしわを寄せ、私を叱る。

「お前の魔力があまりにも低いから、コンラッド君は戦場でも一人分の魔力で戦わなくてはならなかったのだ。それなのに彼は文句一つ言わず、逆に『奇跡の騎士』などと称賛されて……無力なお前を娘に持った私たちがどれほど恥ずかしい思いをしたか！　相手のご両親にも申し訳が立たないところだったのを、ミリアムが代わりに埋めてくれたんだ。お前もミリアムに、よくよく感謝するんだぞ？」

ミリアムに感謝なんて、天使でもない私にはできそうにない。

跡継ぎの男子が欲しかったお父様は、昔から、私にことのほか厳しく当たった。

貴族として当然のように求められる魔力が、私にはほとんどなかったのだから、なおさらだ。

そして、次女のミリアムが成長するにつれ、お母様ゆずりの美貌と高い魔力を有していることがわかると、お父様の愛情はすべてミリアムに注がれた。

私はただ、婿養子を取って家を存続させる道具として扱われた。

その唯一の役目さえ、私には果たせなかったのだけれど。

お母様は深いため息をつき、残念そうに私を見る。

「セラフィナ、あなたがいけないのよ？　ちゃんと婚約者の心をつかんでおかないからこうなるの。でも、せめて結婚前で良かったわね。結婚してから浮気されるよりもずっといいもの。その点、ミリアムは外見も魔力も完璧だから、浮気される心配などないし」

舞台女優のように美しいお母様は、十人並みの容姿の私よりも、自分に似て美しいミリアムをかわいがった。

ことあるごとに私とミリアムを比較して、「あなたは美しくないのだから、せめて貴族令嬢として恥ずかしくないように技能を磨きなさい」と、厳しいと評判の家庭教師を何人も私につけた。

中でも刺繍の先生は、厳しく指導しながらも、私を実の娘のようにかわいがってくれた。

そのおかげで私は刺繍が大好きになったし、両親とミリアムが三人だけで出かけて私だけ屋敷に残されるようなときでも、刺繍をしていれば寂しくはなかった。

ただ、どんなに上手に刺繍をしても、両親が私をほめてくれることは、一度もなかったのだけれど――

「お嬢様、ご注文の布が届きました」

ノックの音がして、きれいに畳まれた布を抱えた侍女が部屋に入ってきた。

コンラッド様に突き返された青いスカーフを見てぼんやりしていた私は、慌ててスカーフを隠し、笑顔を取りつくろった。

「ありがとう」

「はい……あの、お嬢様。この亜麻布(リネン)を何に使うおつもりですか？　もしシーツを交換なさるおつもりでしたら、私が……」

侍女は腫れ物に触るように尋ねた。

婚約解消の噂(うわさ)は、階下の使用人たちにまでくまなく伝わっているのだろう。

涙でシーツがびしょ濡(ぬ)れになったとでも思われているのだろうか。

実際、ちょっとだけ涙で湿ったかもしれないけど、そこまでではない。

私は急いで言った。

「あ、違うのよ。シーツを交換したいわけではなくて、気分転換に、その布に刺繍(ししゅう)をしてベッドカバーを作ろうと思って」

「こ、これに、刺繍……ですか？」

侍女は呆然(ぼうぜん)と亜麻布を見つめた。

確かに、刺繍と聞いて普通思い浮かべるハンカチやポーチといった小物よりは、少々大きいかもしれない。

私はそれを受け取り、ベッドの上にふぁさっ、と広げた。

ベッドを覆い隠すような、亜麻(あま)製の一枚布。

こんなに大きな布に刺繍をしていれば、コンラッド様を失った胸の痛みも、少しはまぎれるだろう。

ひどい失恋をしたのに、まだ刺繍をしようなどと思う自分が情けなかったけれど、こればかりは自分でもどうしようもなかった。

常に男性に囲まれて遊び歩いている華やかなミリアムと違い、私はコンラッド様以外の男性とはほとんど交流がないし、こんなときに、気晴らしに遊びに行けるような場所も一つも知らない。

数少ない女性の友人たちも、みんなもう結婚していて幸せそうだから、「妹に婚約者を奪われた上、婚約解消された」などと言ったら、ものすごく気まずい思いをさせてしまうだろう。

激しく重い失恋話をして、友達の幸せに水を差すわけにはいかない。

だから、私には本当に刺繍しかないのだ。

まさしく私は「お針子令嬢」だわ……と、自分で自分に呆(あき)れてしまう。

侍女が気遣わしげに尋ねた。

「お嬢様……その、温かいお茶でもお持ちしましょうか？」

「どうもありがとう。でも、今はいいわ」

刺繍(ししゅう)を始めると集中し過ぎてしまうので、せっかく温かいお茶を淹(い)れてもらっても、飲む頃には冷め切ってしまうだろう。

侍女は困り顔のまま一礼をして、部屋を出た。

心配させてしまったようで申し訳ない。

一人になると、私は刺繍の図案を見てみようと、本棚から三冊の図案集を取り出した。

何度も読んで、もうボロボロになった本だ。

内容もすっかり覚えてしまっているけれど、新しい図案集を買ってほしいとは、どうしてもお父様には言えずにいた。

言ったとしても、「そんなものは金の無駄だ」と突っぱねられるだけなのは、目に見えているから。

くたびれたページをめくっていると、ふと、姫と騎士の図案が目に入った。

ずきり、と、胸に痛みが走る。

この屋敷のお姫様であるミリアムは、彼女の騎士となったコンラッド様と二人で、今日もどこかへ出かけているはずだ。

私の役も出番も、もうこの世界のどこにもない——

胸の痛みをとじこめるように、その本をぱたんと閉じた。

そして別の本の図案を参考にして、まっさらな亜麻布（リネン）に、大きな家の下絵を描いた。

刺繍針に絹糸を通して、ぷつりと布に針を刺す。

ちくちくちくちく、と無心にアウトラインステッチをしながら、私はつらい記憶をふり払おうとした。


子爵家の令嬢である私、セラフィナ・アーチボルドと、同じく子爵家の令息であるコンラッド・デクスター様は、家同士の取り決めにより、二年前に婚約を交わした。

金髪碧眼（へきがん）の、誰もが憧（あこが）れるような美男子のコンラッド様は、貴族男性は全員加入が義務付けられている騎士団においても武勇の誉（ほま）れが高い騎士だった。

魔物の跋扈（ばっこ）する戦場でも、ほぼ毎回かすり傷一つ負わずに帰還してくるので、「奇跡の騎士」と讃（たた）えられているほどだ。

敏捷（びんしょう）で気の荒い魔物を相手に戦い、無傷で帰ってくるなど、本当に奇跡のようなことなのだ。

それほど優秀な騎士なのに、彼は男女問わず人当たりも良く、王都の貴族令嬢たちにも人気が高かった。

一方私は、生まれたときは金髪だったけれど、十歳頃から段々とくすんだ栗色（くりいろ）の髪になり、瞳はぼんやりとした薄緑色。

性格も何事にも控えめで、貴族令嬢の中でもかなり目立たないタイプだ。

けれどもコンラッド様は最初の顔合わせのときから優しくて、たまに会うときには贈り物をくれたり、楽しい会話で笑わせてくださった。

婚約期間中、学業や騎士団の任務で忙しいコンラッド様と会う機会は少なかったけれど、気がついたら、私は彼に恋をしていた。

今、彼は十九で、私は十八。

この冬には結婚式を挙げるはず、だった。

婚約解消は、そんな結婚直前での、まさに青天の霹靂で。

あの二人は、いつから私に隠れて会っていたんだろう？

でも、それを問い質すなんて考えられなかった。

魔力も持たず、人目を引く容姿でもなく、ミリアムのように男性の心をつかむことなどできない私が捨てられるのは、どのみち時間の問題だったのだ。

それが今だっただけで——


「……いけない、また考えてしまっていたわ……」

かなり大きな図案なのに、煉瓦の家はあっという間に出来上がってしまった。

家を見ると家族を連想してしまい、どうしても婚約解消のことが思い浮かんでしまう。

私はぶんぶんと首を振って、今度は動物の図案に取りかかった。

羊にアヒル、うさぎに子ぶた。

かわいらしい動物たちを刺していれば、気も紛れるだろう。

羊のもこもこした毛並みをサテンステッチで埋めながら、そういえば先月、シルバーウルフの群れが王都近郊にある御料牧場の羊を襲い、騎士団が討伐したのだったわ、と思い出した。

ここ、バーラント王国では多くの魔物が出没し、人々を傷つけたり、さらったりする。

そんなときには、この国の成人貴族で構成される騎士団が動員されて、魔物を討伐しに行く。

魔物は魔力で護られた硬い毛や皮膚に覆われているため、通常の武器攻撃がほとんど通用せず、こちらも武器に魔力を込めて攻撃するしかない。

この国では普通、平民は魔力を持たないが、貴族はある程度の魔力を持って生まれることが多い。

だから騎士団は魔力持ちの貴族で構成されている。

魔力と言っても、炎や水などの攻撃魔法や、怪我を治す回復魔法を使えるのは、ほんの一握りの、ものすごく高度な魔力と才能を生まれ持った魔女や魔法使いに限定される。

百年ほど前には、強力な魔法を使える人は今よりもずっと多かったらしいのだけれど、時代とともにどんどん減少してきたので、今ではとても稀少な存在だ。現在、一定レベル以上の魔法を使える人たちは、王国が掌中の珠のように手厚く保護しているらしい。

普通の貴族は、魔法なんていうものには縁がない。ただ、生まれつきいくらかの魔力を有しているだけだ。

けれども、そのいくらかの魔力でも、戦場で魔物と命のやり取りをする際には多大な影響を及ぼすのだけど。

そして出撃前の騎士団員には、近しい人間、たとえば家族や婚約者から《魔力譲渡》をすることが推奨されていた。

《魔力譲渡》――それは、自分の魔力を相手に分け与える行為だ。

魔力を譲渡したい相手と手を握り、自分の魔力を掌に集めて、相手の掌へと注ぎこむ。

そうすれば、魔力を譲渡された相手は、本来の魔力量の二倍、三倍の魔力を蓄えて、戦場へと向かうことができる。

だけど、二年前に初めてコンラッド様に《魔力譲渡》をしたとき、私は雀の涙ほどの、ほんの微々たる魔力しか渡すことができなかった。

コンラッド様は「俺は元々人より魔力が強いから大丈夫」と言ってくださったけれど、やはり、がっかりしていたようだった。

危険な戦地に向かう婚約者に何もできないことが、あまりに申し訳なかった。

だから代わりに、唯一私が得意な刺繍で彼の無事を祈った。

彼の家の紋章、銀地に両翼を広げた鷲の紋章を、彼の瞳の色の青いスカーフに刺繍して、お守り代わりに贈ったのだ。

そのスカーフも、身につけることのないままポケットの中で忘れ去られていたらしく、結局はコンラッド様に突き返されてしまったけれど――


「ああっ、いつの間にか羊がこんなに……！」

物思いにふけっていた私は、知らぬ間に羊を百匹ほど刺繍してしまっていた。

これでは羊牧場ね、と自分に呆(あき)れ返る。

気を取り直して、今度は羊たちの周りに花を刺すことにした。

バラに、バーベナ。スミレもいいわ。

亜麻布(リネン)を眺めながら、どこに何の花を咲かせようかしらと考えていると、心の傷がほんの少しだけ和らぐのを感じる。

薄暗い部屋の中で、私は嫌というほど自覚した。

ミリアムの言う通り、やっぱり私はきらびやかなコンラッド様といるよりも、一人で刺繍をしているのがお似合いの「お針子令嬢」なのだわ……と。

結局、私とコンラッド様の婚約は、双方合意の上での円満な解消、という形になった。

表向きの理由は、私の魔力が想定以上に低かったから、ということらしい。

だけどコンラッド様は白昼堂々、王立公園のど真ん中で婚約を解消したのだ。

今頃は王都の貴族のほとんどが知っているだろう。

「お針子令嬢」は、婚約者を妹に奪われた、と。

二年前、戦場へ行くコンラッド様に満足に《魔力譲渡》もできなかった私は、その現実から目をそむけるかのように、小さい頃から大好きだった刺繍(ししゅう)にさらにのめり込んでいった。

それはもう鬼気迫る(ききせま)勢いで、朝も昼も夜も、ありとあらゆるものに刺繍をした。

だから私の部屋どころか、この屋敷にある布という布は刺繍だらけになった。今ではどんな大きな作品も難しいステッチもお手のものだ。

あまりにも屋敷の中にクッションやテーブルクロスやポットカバーやタペストリーといった刺繍作品があふれ返っていたので、お母様が見かねて侍女頭(がしら)に命じ、まとめて王都の教会の慈善バザーへ出品させた。

でも作品は嬉(うれ)しいことに好評で、それからも私は刺繍した小物を出品し続けた。

その結果、ついたあだ名が「お針子令嬢」だ。

……別に構わない。刺繍も裁縫も大好きだし、お針子は立派な仕事だ。

コンラッド様と結婚し、彼の妻になるという夢は、すでにズタズタに破れた。

それなら私は、これからの人生を「お針子令嬢」として一人で生きていこう。

刺繍さえあればいい。

恋愛も結婚も、しなくていい……結局は、傷つくだけだから。

「……これで完成ね」

最後の糸を始末して、刺繍枠を外す。

大きな煉瓦の家、さまざまな種類の花、周辺をぐるりと囲った縁飾り、それから、たくさんの羊たち。

出来栄えは上々だった。

かわいらしい雰囲気のベッドカバーになったので、これも慈善バザーに出せば喜ばれるかもしれない。

刺繍が完成して、ふとわれに返ると、もう外は真っ暗だ。

ミリアムはまだ帰っていないのね、と気がつくと、私の心まで真っ暗になった。

だけど少なくとも、これで今日一日は過ぎ去った。

あとは、時間という薬が忘れさせてくれる日を待つしかない。

それからも私は屋敷にこもったまま、ちくちくちくちく、とひたすら針を刺し絵柄をつむぎだす、刺繍三昧の生活を送っていた。

花や葉っぱや小鳥などのかわいらしい図案を針と糸で浮かび上がらせる作業は、打ちのめされた私の心を、少しずつだけれど確かに癒やしてくれた。

そして、婚約解消から二週間がたったある日のこと。

私のもとへ、思ってもみなかった人が訪ねてきた。

「セラフィナお嬢様、ミドルトン伯爵がお見えです」

「…………どなたですって？」

「ミドルトン伯爵です」

侍女の告げる名前に憶えはなかった。

……いや、噂で聞いたことくらいはあったかもしれない。

氷の伯爵。

その容貌は非常に美しく、領地経営の手腕にも優れ、剣技も魔力も抜きんでている。

けれど、氷像のように冷酷無比で他人に心の内を見せない、謎めいた若き伯爵。

「……そんな方が、私に何の用かしら？　一度もお会いしたことはないはずだし……もしかして、ミリアムと間違えているのではなくて？」

「いいえ、お嬢様。伯爵は確かに、セラフィナお嬢様にお会いしたいとのことでした。今は、旦那様がお相手をされています」

「お父様が？　……わかりました。すぐに行きます」

一家の当主であるお父様まで臨席されているとなると、話は個人的なものではなく、家もからんだ重要なものである可能性が高い。

話の内容は見当もつかないけれど……あまり外出をしない私が、気づかない内に伯爵に何か失礼を働いてしまった、なんてことはないと思うし……。

ともかく私は侍女に手伝ってもらい、急いで部屋着からドレスに着替え、栗色の髪を整えた。

不安に思いながら階下へ降りる。

侍女が、応接間の扉を開けた。

扉の向こうには、お父様と、見知らぬ黒髪の男性が向かい合って座っていた。

二人は扉が開くと同時に私を見た。

お父様が満面の笑顔で言う。

「おお、セラフィナ、やっと来たか！　よく聞け、願ってもないお話だぞ。こちらのミドルトン伯爵が、お前を妻にと望まれているそうだ！」

呆気に取られ、すぐには物が言えなかった。

……つま？

つまって、あの、妻……よね？

な、なぜ⁇

黒髪の男性がすっと立ち上がった。

その立ち姿に、思わず息をのみ、見とれてしまう。

――なんて、きれいな人。

つややかな黒い髪に、鋭い黒の双眸。

整った鼻梁に、陶器のようになめらかな肌。

身に纏った絹のシャツもぱりっとしたベストやトラウザーズも、上等なばかりか、これ以上ないほど完璧に似合っている。

今は、腰の剣帯に剣はない。訪問のために、従僕に預けているのだろう。

剣はなくとも、ミドルトン伯爵からは一分の隙も感じられなかった。

コンラッド様も騎士団に所属し何度も従軍経験があるので、軍人然とした雰囲気も垣間見えるのだけど、この伯爵は、比較にならないほどの冷然とした迫力を持っていた。

そのため外見はとても美しいけれど、いや、だからこそ、恐ろしさも一層引き立つ。

ただ目の前に立っているだけなのに、私の喉は緊張でカラカラになった。

伯爵はそんな私を見すえ、愛想のかけらもない儀礼的な口調で言った。

「初めまして、セラフィナ・アーチボルド嬢。約束もなく押しかけた非礼をお許しください。

私はシアフィールド伯、アレクシス・ミドルトンと申します。以後、お見知りおきを」

「は、初めまして、ミドルトン伯爵。セラフィナ・アーチボルドと申します。お会いできて、光栄です」

慌てて膝を曲げて礼をする。

顔を上げると、まだ彼は私を見ていた。

まるで、何かを確かめるかのように。

私は思わず、ぱっと目をそらした。

……失礼だったかしら。

でも、初対面の相手をじろじろと見つめるのも失礼よね……？

おそるおそる伯爵の顎のあたりに目を戻すと、もうこちらを見てはいないようで、ひそかにほっとした。

それにしても、怖い……美形なだけに、目力が半端ない。

その異名の通り、氷のように冷ややかな人だ。

一瞥されただけで、小心な私の心臓は凍りついてしまいそうになる。

「まあ座りなさい、セラフィナ。伯爵も、どうぞおかけになってください」

お父様の一言で、私はお父様の隣に、ミドルトン伯爵は向かいの席にそれぞれ腰を下ろした。

そっと伯爵の様子をうかがうと、そこには冷艶清美な氷像が座っているかのようだった。

「氷の伯爵」が噂通りの美貌の持ち主であることに、私はまず驚いていた。

美しいだけではなく、武芸にも優れているというのもおそらく真実なのだろう。

細身だけれど、ごつごつした手と筋肉のつき方から体を鍛えていることは一目でわかるし、武人らしく堂々とした立ち居振る舞いにも、まったく無駄な動きというものがない。

二十二歳という若さですでに爵位を継いでいる伯爵家当主ということもあって、どんな美人でも冷たく袖にするという噂や、普段は領地にいてあまり王都には姿を見せないレアな存在であるにも関わらず、貴族令嬢たちの間で、ミドルトン伯爵は大変な人気があった。

それこそ、「奇跡の騎士」コンラッド様にも引けを取らないほどの人気だ。

……そんな方が、「お針子令嬢」の私を妻に望む？

ありえない。

……詐欺……？

疑心暗鬼となった私のことなどお構いなしに、お父様は機嫌よく話し出した。

「ミドルトン伯爵は去年の王宮での園遊会の際にお前に会い、一目で気に入ってしまったそうだ。そのときにはお前はコンラッド君と婚約していたが、その関係が解消されたと聞き、こうして求婚しに来てくださったというわけだ」

「園遊会……」

去年の園遊会には確かにコンラッド様と二人で出席したけれど、あのとき、コンラッド様はミリアムや他の女性とばかり話していた。

私はずっと一人で、たまに他の招待客と軽く言葉を交わす程度だったと思う。

招待客はたくさんいたので、目の前の伯爵と話をしたかどうか、自信がない。

さすがに面と向かって、憶えていません、とは言えないけれど……。

でも、「一目で気に入った」なんて、どう考えてもおかしい。

困惑する私には目もくれず、お父様はどんどん話を進めようとする。

「いやあ、まったくいいお話を持ってきていただいて。ちょうどうちの娘も、やむをえない事情で婚約を解消したところだったのですよ。それで落ち込んでいたのが、まさか、伯爵様に見初めていただけるとは！　本当に願ってもない話だ。なあ、セラフィナ」

「お、お父様……私は、まだ何も……」

「なんだと？　お前、自分が選べる立場にいるとでも思っているのか!?」

お父様が声を荒らげ、ぎろりと怖い目を向ける。

たちまち私は口をつぐんだ。

今までにお父様が私の意見を尊重してくれたことなど、一度もない。

ところが、足を組み、黙って見ていたミドルトン伯爵が、ふいに口を開いた。

「もちろんセラフィナ嬢ご自身が選んでくださって構いません。私はお父上に求婚しに来たわけではありませんので」

「なっ……」

ひやりと空気が冷えこむ。

まるで、鋭い氷柱に突き刺されたかのように。

自分の半分ほどの年齢の伯爵に辛辣な物言いをされて、お父様は赤くなったり青くなったりしていた。

私はびっくりして伯爵を見つめた。

こんな風にストレートに物を言う貴族なんて、今まで見たことがない。

これが「氷の伯爵」と呼ばれるゆえんだろうか……少し怖いけれど、いつも居丈高なお父様がやりこめられる場面を、私は新鮮な驚きをもって眺めていた。

伯爵は、さっきよりもやや丁寧な口調でお父様に尋ねた。

「アーチボルド子爵、もしよろしければ、しばらく彼女と二人で話をさせていただいても構いませんか？」

「……ああ！　これは失礼しました。もちろん構いませんよ。それでは、後はどうぞごゆっくり」

お父様はまだひきつった顔をしていたけれど、伯爵という格上の相手には逆らわないことにしたのだろう。ぴょん、とバネのように立ち上がった。

「お、お父様……！」

すがるように見上げると、お父様は「いいか、この話を逃したら許さんぞ」とでも言うように、ものすごく圧(あつ)のある目を私に向けた。

……ああ、何を言っても無駄だわ。

お父様、私を伯爵に押しつける気満々だもの。

コンラッド様と結婚して子爵家(うち)を継ぐはずだったのが、その役目をミリアムに奪われ、私はこの家のお荷物となり下がった。

だからお父様に、この機会を逃さずさっさと片付いてしまえ、と思われるのも無理はない。

私がこの家にいたら、ミリアムたちにとっても邪魔だろう。

でも、いくらなんでも、ありえないぐらいに話がうますぎるのだけれど……。

お父様が出て行くと、応接間には、私とミドルトン伯爵の二人だけになった。

とたんに、全身が緊張でこわばる。

二年間コンラッド様の婚約者でいたことで、ある程度男性には慣れたつもりだったけれど、ミドルトン伯爵は軽妙洒脱(けいみょうしゃだつ)なコンラッド様とは全く違うタイプの男性だった。

真逆、と言ってもいいくらいだ。

こういうときミリアムなら上手に会話を弾(はず)ませるのだろうけど、私には逆立ちしたってそんなことはできない……いや、「氷の伯爵」を相手に楽しく会話をするなんて、ミリアムにだって難しいはずだ。

おそるおそる視線を向けると、伯爵も、つくりものめいた美しい顔を私に向けた。

「セラフィナ嬢。私の申し出を怪訝に思っていらっしゃるようなので、率直にお話しさせていただきたい」

「は、はい……」

どんな話かと身構える。

やっぱり、私をミリアムと間違えて求婚してしまったとか？

十分あり得る……でも今ならキャンセルできるから、大丈夫ですよ……？

けれどミドルトン伯爵の口から出たのは、思いもよらない言葉だった。

「私はこの結婚を『白い結婚』、つまり形式的な結婚として、あなたに申し込んでいるのです」

「…………『白い結婚』ですか？」

今日は本当に驚いてばかりだ。

白い結婚。

愛のない、形式だけの契約結婚。あるいは偽装結婚ともいう。

流行りの小説や演劇の中ではよく聞く話だけど、それがまさか自分に持ちかけられるなんて想像したこともなかった。

伯爵はうなずき、淡々と説明した。

「その通りです。実は厄介な親戚がおりまして、すでに私が爵位を継いでいるにも関わらず、結婚すらしていない若造など絶対に当主として認めない、などとごねるのです。広大な領地の経営にはその大伯母の協力が不可欠であるため、彼女を納得させるために、私には妻が必要なのです」

「…………」

あっけにとられている私を見て、伯爵が付け加える。

「あなたは形だけの妻を演じてくだされば結構。私とベッドを共にする必要はありません」

私は反射的にパッと頬を赤らめ、顔を背けた。

……は、恥ずかしい……伯爵はあんなに事務的で無表情なのに、私だけ過剰反応してしまったわ……。

今の話の通りなら、これは普通の求婚ではない。

純粋に契約の打診ということになり、愛や恋といった感情が挟まれる余地などない。

それを安堵すればいいのか落胆すればいいのかよくわからない。

けれど少なくとも、この美しい男性に昼日中から面と向かって「ベッドを共にする」などという言葉を吐かれ、赤面せずにいられる令嬢はきっと少ないはずだ。

ミドルトン伯爵は私の様子を見ると、そっけない口調のまま、謝罪をした。

「申し訳ありません。直接的な言い方をしてしまいました」

「い、いえ………ですが、なぜ私なのですか？　あなたほどの方なら、『白い結婚』をするとしても、他にお相手がたくさんいらっしゃるのでは……」

「そのような相手などいません」

意外なほどきっぱりと言われて、思わず彼を見つめる。

……おかしいわ。

こんなに素敵な伯爵に、お相手がいないはずなどないのに。

たとえ契約結婚でも、話を持ちかけられれば承諾する女性は少なくないだろう。

いえ、まがりなりにも貴族令嬢なら「馬鹿にしないで」と怒るかしら？

もしかしたら、伯爵はコンラッド様と私の婚約解消という醜聞を耳にして、「傷物の令嬢なら白い結婚を持ちかけても断られないだろう。こんなに都合の良い契約相手は他にはいない」という意味で言っているのかもしれない。

まったくその通りなんだけれど、それにしたって、どんな美しい令嬢でも選べそうな伯爵が、わざわざ私のような訳ありの令嬢を選ばなくてもいいんじゃないかしら……？

断ろうとして、一瞬、さっきのお父様の顔が浮かぶ。

けれど、ためらいの方が勝った。

地味で傷物の私など、この美しい伯爵の隣にはふさわしくない。

私は目を伏せたままで言った。

「……やはり、私には身に余るお話です。世間で私が何と噂されているか……もし結婚をすれば、きっと、あなたにまでご迷惑をおかけしてしまいます」

「微塵も問題ありません」

「はい？」

「世間の噂などどうでもいい、ということです」

私のためらいは瞬時に解決した。

伯爵は返事を待つように、じっと私を見つめている。

……そ、そうよね。

「氷の伯爵」は噂なんて気にしないわよね。

氷のように冷たく、どんな大貴族のご令嬢のお誘いも袖にするって有名なくらいだもの。

あくせくした貴族社会で生まれ育った私に、彼の言葉はとても清々しく響いた。

でも、待って……ちょっと待って……。

心が追いつかないわ……！

だからってなぜ私が、この見目麗しい「氷の伯爵」と結婚するなんてことに!?

混乱する私を見て、ミドルトン伯爵はおもむろに言った。

「セラフィナ嬢は刺繍がお好きだと聞きました」

「っはい！」

刺繍という単語に、一も二もなく反応してしまう。

「わが領地シアフィールドの城には、ささやかな裁縫室があります。設備や備品、資料などは、この辺りの仕立屋にも引けを取らないかと。もし、この話を承諾していただけるなら、その部屋をあなた専用といたしましょう。糸や布地なども、出入りの業者にお好きなだけ注文していただいて構いません」

「お受けいたします」

「……失礼、今なんと？」

彼は真顔で聞き返した。

自分から言い出しておいて、承諾されるとは思っていなかったのだろうか。

そうだとしても、天から降ってきたようなこの話を逃すつもりは、もうない。

是が非でも契約を結ばなければ！

私はもう一度、はっきりと言った。

「喜んで、お受けいたします！」

「……良いのですか？」

「もちろんですわ。素晴らしいお話をありがとうございます、ミドルトン伯爵！」

思わず顔がほころんでしまう。

お城にこもって、刺繡をし放題だなんて！

こんな夢のようなお話を持ってきてくださったミドルトン伯爵と神様に感謝したい。

伯爵の黒い瞳が、少し戸惑ったように揺れる。

けれどそれは一瞬のことで、彼はまた氷像のような顔つきに戻っていた。

「それでは契約成立ですね。この書類にサインをいただけますか？」

「あ、はい」

それ以上考える間もなく、差し出された契約書にさっと目を通し、羽ペンで署名をした。

こうして私は、ミドルトン伯爵のお飾りの妻となることに決まった。

第二章　シアフィールドへ

書類を出すだけで、簡単に婚姻は受理された。

結婚式も挙げないまま、私はセラフィナ・ミドルトンとなった。

コンラッド様との婚約解消のわずか二週間後に私が別の相手と結婚したと聞いて、ミリアムは呆然とした。

「うそ……『氷の伯爵』と結婚ですって？　しかも伯爵の方から言い寄ってきたですって!?　お姉様、実は結構モテるの……？　そ、そんなわけないわよね、だってお姉様は『お針子令嬢』だし……！」

大きな目を見開いてぶつぶつと呟く妹に、実はこれは「白い結婚」なの、などと言えるはずもなかった。

伯爵と私が「白い結婚」をする際、契約書にサインを交わした。

その契約書には、守らなければならない条項がいくつも記載されていた。

第三条にはこう書かれている。

「この結婚が契約上のものであることは他言無用とする」と。

だから相手が妹とはいえ、これが契約結婚であることを知られるわけにはいかない。

それに、まだミリアムとコンラッド様に裏切られた傷はジクジクと痛み、妹の顔を見るだけでもつらかった。

伯爵との結婚をミリアムにうらやましがられても、それで傷が軽くなるということはない。

これはあくまで形だけの結婚なのだ。

ミリアムはミドルトン伯爵にしきりに会いたがり、「コンラッドと四人で食事でもしましょうよ。お祝いをさせて」と言っていたけれど、そんな拷問（ごうもん）のような食事会が開かれる前に、伯爵が私を連れて領地へ戻ることになった。

私は正直ほっとしながら、侍女も連れず最小限の嫁入り道具だけを持って家族に別れを告げ、ミドルトン伯爵とともに、伯領シアフィールドへと旅立った。

王都からシアフィールドまでは、馬車で三日の道のりだ。

ミドルトン伯爵は、通常時は伯領にいる。

今回は従僕だけを連れ、所用をすませるために王都の別邸に滞在していたそうだ。

伯領へ戻る旅は、私を入れても三人という少人数のため、一頭立ての小さな馬車が用意された。

馬車の中は、伯爵と私の二人きりだった。

従僕は御者と並んで、外の席に座っている。

ほとんど初対面に近い、しかも今は夫となった男性が隣にいるので、私はガチガチに緊張していた。

なにしろ相手は冷酷無比と名高い「氷の伯爵」だ。

常に腰に佩いている長剣は、さすがに馬車の中では外しているけれど、さっと手に取れるような位置に抜かりなく置いてある。

それが視界に入る度にゾクッとした。

下手なことを言ったら、きっとあの剣で瞬時に手打ちにされる……！

人ひとり分のスペースを空けて伯爵の隣に座る私は、生きた心地もしなかった。

けれど、石のように硬直していた私の心も、馬車が進み出すと、次第にほぐれていった。

王都から一度も出たことのない私にとって、車窓から見える景色は心躍るものだったからだ。

街を歩くたくさんの人々も、段々とまばらになってゆく郊外の家々も、色づきはじめて風に揺れる広大な小麦畑も。

流れゆく景色のすべてが新鮮で、鮮やかに目に映る。

けれどもミドルトン伯爵にとっては何度も通って慣れた道なのか、感情のうかがえない顔で、私とは反対側の窓を見ている。

「気分はいかがですか？　少し休憩を入れましょうか」

王都近郊の小麦畑を過ぎ、王領とシアフィールドの境目となる広大な森に入ったあたりで、
伯爵がそう尋ねた。

窓から見える景色に夢中だった私は、彼の方を向き、笑顔で答えた。

「ありがとうございます、ミドルトン伯爵。私は大丈夫です」

「……そうですか。田舎道(いなかみち)で退屈ではないですか？」

「いいえ、全然。次々に違う景色が見られて、とても楽しいですわ」

「楽しい？」

「はい。馬車で旅をするのも初めてで、わくわくします。あのモミの木やあの小さな家を刺繡(ししゅう)の図案にしたらどうなるかしら、糸の色は何を使おうかしら、などと考えていると……」

伯爵が無表情にこちらを見つめている。

私はハッとわれに返った。

「……すみません。こんな話、ミドルトン伯爵には退屈ですよね……」

「別に退屈ではありません。それよりも、その呼び方を変えていただきたいのですが」

「え？」

「今は、互いにミドルトン姓ですよね？」

突然そう言われ、私は一瞬ぽかんとして、それから赤面した。

そうだった。

今の私はミドルトン伯爵夫人なのだ。

夫をミドルトン伯爵と呼び続けるのは、確かにおかしい。

……で、でも、「氷の伯爵」を、名前呼び……？

……無礼な、と、斬って捨てられないかしら？

……いやいや、相手の方から促しているのだから、さすがにそれはないでしょう……でも、このまったく愛想のない伯爵を名前で呼ぶのは、ものすごく勇気がいるのですが……!?

車輪の回る音だけが、しんとした空間に、ガタゴトと鳴り続けている。

切り立った崖から飛び降りるくらいの度胸をしぼり出して、私はその名を呼んだ。

「……………アレクシス様」

すると。

氷のような無表情が、ほんのわずかに動いた、気がした。

「ありがとう」

そっけなくそう言うと、彼は再び窓の外を眺めた。

馬車は少しずつ伯領へと近づいてゆき、夜になると街道沿いの宿屋へ泊まった。

部屋割りは、アレクシス様と私、従僕と御者(ぎょしゃ)で、それぞれ一部屋ずつ。

ベッドは部屋に二台置かれていた。

夕食後は、「疲れたでしょう。先に休んでいてください」というアレクシス様の言葉に甘え、私は着替えてベッドに入るとすぐに眠ってしまった。

翌朝目覚めると、彼はいつの間に眠って起きたのか、まだ夜が明けたばかりだというのに、ベッドはきちんと整えられていた。

こっそり捜しに行くと、薄明の宿の裏庭で、剣の素振りをしているようだった。

物陰(ものかげ)からその姿を見た私は、驚くと同時に尊敬の念を抱いた。

こんなに早くに起きて鍛錬するなんてさすが「氷の伯爵」だわ、自分にも厳しいのね、と。

けれど、理由はそれだけではないはずだ。

おそらく同じ部屋で私が気まずい思いをしないようにと、気を遣ってくれているのだろう。

明日こそは先に起きて、アレクシス様をゆっくり寝かせてさしあげようと決心した。

けれど、初めての馬車旅の疲れと、「氷の伯爵」と終始共に過ごしている緊張からだろうか。

次の日も、その次の日も。

私がどんなに早起きをしても、アレクシス様の方がもっと早く起きて、いなくなっていた。

「……また後れを取ってしまったわ……」

チュンチュンと小鳥がさえずり出す、まだ薄暗い森の中の宿で三度目の朝を迎えて。

すでにもぬけの殻となった隣のベッドを見ながら、私は呟いた。

いくらお飾りの妻とはいえ、あまりに不甲斐なかった。

アレクシス様だって馬車の旅で疲れているはずなのに、こんなに気を遣わせてしまうなんて。

一昨日も昨日も、ぽつぽつとだけれど、彼は領地の色々な話を聞かせてくれた。

領地では春はいちごが、秋はぶどうがたくさん穫れて美味しいとか。

野生のリスやシカをいつでも見ることができるとか。

領民たちは頑固だけど根は優しいとか。

眺めのいい山や渓谷があって、散策旅行が人気だとか。

領地のどこかに三百歳の魔女が住んでいるという伝説があるとか。

そうした話をたくさん聞いたおかげで、シアフィールドへ行くのがすっかり楽しみになっていたし、アレクシス様と一緒にいても、極端に緊張することは少なくなってきた。

「氷の伯爵」などと呼ばれているけれど、実は案外、優しい人なのかもしれない。

けれど、それに甘えてばかりではいけない。

私は急いで身支度を整えると、階下に降りて、厨房の扉をノックした。

「おはようございます、アレクシス様」

宿の裏庭へ行くと、彼は鍛錬を終えたところだった。

腕まくりの軽装に上気した頬という姿は、いつもの氷像のように整った姿とは違い、とても人間らしく見える。

私が声をかけると、彼は黒い目を見開いた。

「……どうしてここへ?」

「厨房でレモン水を分けていただきました。よかったら、お飲みになってください」

用意しておいたセリフをひと息に言い、レモン水を差し出す。

アレクシス様は黙ってコップを見た。

その短い沈黙の間に、気がついた。

毒の可能性を疑われているのかもしれない――と。

たちまち顔から血の気が失せる。

貴族の当主なら、常日頃から毒を警戒していて当然だ。

上級貴族ではない私のお父様でさえ、他家から贈られたワインやお菓子を口にするときには、慎重に慎重を期していた。

ましてや由緒ある伯爵家当主であるアレクシス様に、昨日今日嫁入りした私が手ずから用意した飲み物など、怪しいことこの上ない。

うかつだった。

しかも相手は「氷の伯爵」だ。

これは目の前でコップを投げ捨てられても、「ふざけるな」と怒ってばしゃっと中身を浴びせかけられても、いや、あの剣で斬りかかられたって、文句は言えない——

けれどアレクシス様は、何も言わずコップを受け取ると。

ひと息にレモン水を飲み干した。

「ありがとう」

「…………あ、はいっ」

彼が空になったコップを渡そうとしているのに気づき、呆けていた私は、慌ててそれを受け取ろうとした。

そのとき、私の手が、アレクシス様の手に触れた。

「ごっ、ごめんなさいっ！」

私たちがサインを交わした結婚契約書。

その第二条には、はっきりと、こう書かれていた。

「みだりに相手に触れることを禁止する」と。

私は早くもそれを破ってしまった。

全身の血の気がすうっと引いた。

ああ、やってしまったわ……。

禁止事項を破ったらどうなるかは書いてなかったけれど、きっと怒られる……。

実家では言いつけを破ったら、必ず厳しい罰が待っていたもの……。

私は肩に力を入れ、コップを握りしめて、処罰が下されるのをじっと待った。

……けれど、いつまでたっても、何も咎められたりはせず。

アレクシス様はすでに剣を鞘におさめ、普段と変わらない冷然とした表情で私を見ていた。

「セラフィナ」

「は、はい」

「今日の昼には領地に着くだろう。例の厄介な親戚や、口うるさい外野が君にあれこれと言ってくるかもしれない。何か問題があれば、すぐに私に相談してほしい」

「……はい」

よかった……怒ってはいないようだ。

いいことをしてもほめられず、悪いことをしたら必ず罰せられるアーチボルド家とは違い、ミドルトン家では禁を破った者にも寛大であるらしい。

だけど、ほっとしている場合じゃないわ。

アレクシス様の言葉に、私は改めて気を引きしめた。

これはただの嫁入りではなく、契約結婚のはじまりで。

たった今釘を刺されたように、私は周囲にそれと気取られず、アレクシス様と協力しながら「夫婦」を演じなくてはいけないのだから。

✧✧✧

伯領シアフィールドは風光明媚な土地だ。

青い山脈が遠くにつらなり、その麓は肥沃な盆地だ。領地を南北に貫くように、川が悠々と流れている。

美しい町並みが教会を中心に形作られ、さらにその周囲に、牧歌的な農村地帯が広がる。

町と村の中間ほどの小高い丘の上に位置する、三階建ての壮麗な城。

そのシアフィールド城が、アレクシス様の居城だった。

「お帰りなさいませ、旦那様」

城の正面玄関の前で馬車を降りると、左右にずらりと並んだ二十人ほどの使用人たちが、恭しく出迎えてくれた。

アレクシス様は、先頭に立っていた初老の執事に言った。

「ただいま、ジョンソン。実は王都で結婚した。こちらが私の妻のセラフィナだ」

私の肩に軽く手を回し、いきなりそう紹介する。

「だ、旦那様……それでは、本当に……？」

ジョンソンと呼ばれた執事は、温厚そうな顔に驚きを浮かべ、わずかに身じろいだ。

従僕や侍女たちも目をみはって私に注目する。

……そうよね、驚くわよね。私自身も驚きのスピード婚だったものね……。

たくさんの人に見つめられて、心臓がばくばくしてきた。

人前に立つのは、昔から大の苦手だ。

だけど伯爵夫人になったのだから、しっかり挨拶しなければ。

だいぶ緊張しながらも、私はどうにかほほえみを浮かべ、使用人たちを見渡した。

「セラフィナと申します。これから、どうぞよろしくお願いいたします」

私の言葉を聞くと、かれらは一斉にお辞儀をした。

驚きから立ち直ったらしいジョンソンが、私の荷物を持ってくれる。

「ご結婚おめでとうございます、奥様、私は執事のジョンソンです。以後お見知りおきを。さあ、長旅でお疲れでしょう。どうぞ中へ」

「ありがとう、ジョンソン」

優しい笑顔と言葉に、ひとまずほっと胸をなでおろす。

はじめての「奥様」という呼び名をくすぐったく感じながら、私はアレクシス様の後について城の中へ入った。

温かいお茶を飲んで一息つくと、アレクシス様は、自ら城の中を案内してくれた。

一階は、正面玄関を入ってすぐの玄関ホール、食堂、朝食室、居間、応接間、図書室、書斎。

それぞれの部屋には、伯爵家にふさわしい豪華な家具がしつらえてある。

半地下になっている階下には、使用人のための食堂、作業室、個室、倉庫、そして出入りの商人なども利用する通用口。

玄関ホールにある大階段を上ると、二階にアレクシス様の寝室、そこから続き部屋となっている私の寝室。それから、数多くの客室と、子ども部屋。

三階には、音楽室、絵画室、衣装室。

部屋の中にも廊下にも、これまでこの城に住んだのだろうたくさんの人たちの肖像画が飾られていて、城の歴史を感じさせる。

アレクシス様のご両親の肖像画はどれだろうか。

二年前に病気で相次いで亡くなられたと聞いているけれど……彼はどの肖像画の前も素通りしていく。

こちらから尋ねるのもはばかられ、私は黙って、あとについて廊下を歩いた。

最後に彼は、三階の突き当たりにある部屋の扉を開けた。

「そして、ここが裁縫室だ」

「……まあ……！」

私は思わず感嘆のため息をついた。

そこは夢のような空間だった。

壁一面に、棚が作りつけられていて。

そこに、目も眩むようなたくさんの糸や布が、ずらりと並んでいる。

裁縫用のテーブルは高さの違うものが三つ。

椅子やソファもあちこちに置かれていて、立っても座っても作業をすることができる。

姿見やトルソーも完備され、刺繡用の道具も図案集も、豊富に取り揃えられていた。

「ここにある物はすべて自由に使ってくれて構わない。足りないものがあればジョンソンに言ってくれれば、すぐに手に入るだろう」

なんということだろう。

これだけあるのに、まだ他にも買っていいだなんて、夢ではないかしら？

私はくるりとアレクシス様に向き直り、感激の涙を流さんばかりに言った。

「ありがとうございます、アレクシス様……！　わ、私、何とお礼を申し上げればいいか……」

「……いや、契約内容に含まれていることなので、礼を言う必要はないが……」

「いいえ、本当にありがとうございます。こんなに良くしていただいているのですもの。私もアレクシス様のお役に立てるよう、誠心誠意、形式上の妻としての役目を果たします！」

勢い込んでそう言うと、アレクシス様は、ふっと目線をそらした。

「……そうか。では、そうしてもらおう」

あら？　私、何か気に障るようなことを言ったかしら？

急によそよそしい態度になったアレクシス様は、「ではまた夕食のときに」とだけ言って、どこかへ行ってしまった。


それから私は午後いっぱい、執事のジョンソンに、使用人たちの名前や役割を教わって過ごした。

子爵家にいたときも使用人はいたけれど、さすがに伯爵の居城だけあって、私の実家とは段違いにその数も職種も多い。

私はさりげなくメモを取りながらジョンソンの話を聞いた。

早く皆の名前を覚えて、城を切り盛りできるようにならなくては。

日が暮れる頃に、ジョンソンが言った。

「それでは、今日はこのくらいにしておきましょうか。明日は、城に出入りしている業者を紹介いたします」

「ありがとう、ジョンソン。明日もお願いします」

彼は穏やかにほほえんだ。

「こちらへいらしたばかりだというのに、奥様は熱心ですね。素晴らしいことです」

「そ、そんな……私はただ、アレクシス様のお役に立ちたくて……」

「おや。旦那様は、王都で愛情深い奥様を見つけられたようですね」

「…………」

違う。

愛情深くなんてない。

私はただの、お飾りの妻だ。

押し黙った私に、ジョンソンは静かに言った。

「余計なことを申しました」

「いいえ、いいのよ……それより、アレクシス様がどこへ行ったか知っているかしら？」

裁縫室で別れてからずいぶんたつけれど、城の中にアレクシス様の姿が見えない。

ジョンソンの人好きのする顔が、私が質問をした途端、どこかぎこちないものへと変わった。

「……旦那様、ですか？　いえ、私は存じ上げませんが……」

「そう……わかったわ」

何か聞いてはいけないことを聞いてしまったような気がして、それ以上、私は何も尋ねることができなかった。

以前にもそんな反応をされたことがある。

王都の舞踏会や園遊会で、それまで一緒にいたコンラッド様が見当たらなくなったとき。コンラッド様の男性の友人に居場所を尋ねてみたら、さっきのジョンソンと同じような顔をして、言葉を濁されたことが何度もあったのだ。

そういうとき、コンラッド様は決まって女性のところにいた。

ミリアムや、他の、きれいで華やかな女性のところに。

だから、ジョンソンがわざと私にアレクシス様の居場所を黙っていることはわかったけれど、どこにいるのかを知るのは怖かった。

アレクシス様は親戚(しんせき)のために私と「白い結婚」をするのだと言っていた。

けれど彼は、コンラッド様と同じくらい女性から人気のある方だ。

本当は、公(おおやけ)にできない恋人がいるのではないかしら?

……もしそうだとしても、これは契約結婚だ。

契約書の第一条にも、「不必要に相手に干渉することを禁止する」と記載されている。

サインをした以上、私はアレクシス様の居場所を知ろうとしてはいけない。

知る必要は、ない。

そう自分に言い聞かせて、もやもやした気分を落ち着かせた。

ジョンソンは恭(うやうや)しくお辞儀をして、自分の持ち場へ戻っていった。

✧
✧
✧

とっぷりと外が暗くなった頃に、アレクシス様は帰ってきた。

声が聞こえてきたので急いで二階から玄関ホールへ下りると、彼は脱いだ上着をジョンソンに渡しているところだった。

「お帰りなさいませ、アレクシス様」

私の声に、彼は顔を上げた。

その表情がどことなく沈んでいて、少し心配になる。

……秘密の恋人と、何かあったのかしら？

そう思った瞬間に、急いでその考えを振りはらった。

それはまったく私が心配する必要のないことだ。

ジョンソンが笑顔でアレクシス様に言った。

「奥様は午後の間、それは熱心にこの城のことを覚えようと頑張っておられましたよ」

ほめられ慣れていない私は、急に頬が熱くなるのを感じた。

これまでの人生で私をほめてくれた人なんて、刺繍の先生ぐらいしかいない。

「……そうか。長旅の後なのに、セラフィナは努力家なのだな」

そう言って、アレクシス様は私を見た。

その表情にどきりとした。

いつもの氷像のような顔つきとは全然違う。

黒い瞳が、優しい。

たちまち釜ゆでにでもされているように、私の全身がほてった。

アレクシス様にまでほめられたことも、初めてこんなまなざしを向けられたことも、本当に嬉しい。

それなのに口下手な私は、その気持ちを的確に伝える言葉がすっと出てこないのだ。

返す言葉を探していたら、彼はすぐに、いつもの冷淡な表情に戻ってしまった。

……ああ……なんだか、水辺でとても貴重な宝石を見つけたのに、すぐに流されて見失ってしまったような気分だわ……。

そんな私の無念になど、もちろんアレクシス様は気づかない。

「待たせて悪かった。すぐに夕食にしよう」

「かしこまりました。支度はすでに整っております」

ジョンソンに促され、食堂へ移動しようとしたときだった。

突然、正面玄関の両開きの扉が、激しくノックされた。

アレクシス様は不審そうに扉へ目をやった。

今夜、来客があるとは私も聞いていない。

予期せぬお客様なのかしら……？

その間もノッカーの音はうるさく続いていた。

ジョンソンが閂を外し、扉を開く。

待ちかねたように、背の高い男性が飛び込んできた。

「やあ、ジョンソン！　やあ、アレクシス、久しぶりだな！　息災か？　……ん？　そちらのご令嬢は？」

笑顔で意気揚々と現れたその人は、私を見て首を傾げた。

第三章　サラ

「フレデリック。なぜいきなり来るんだ」

アレクシス様が腕を組み、迷惑そうな顔をした。

彼はフレデリックという名前らしい。

オレンジがかったゆるく癖のある金髪に、琥珀色(こはくいろ)の瞳。

長身で体格が良く、眉目秀麗(びもくしゅうれい)な男性だ。

帯剣はしていないけれど、貴族であることは間違いない。

身に着けているものはすべて極めて高級そうな代物(しろもの)だし、一見ざっくばらんだけど、挙措(きょそ)にはどこか気品がある。

きっと高級貴族のご令息なのだろう。

「いきなりとはご挨拶(あいさつ)だな、アレクシス。何度も手紙を出したのにちっとも返事が来ないから、心配でこうして顔を見に来てやったんじゃないか！」

彼は朗(ほが)らかな人のようで、身振りをまじえながら大きな声で親しげに話した。

けれどアレクシス様は特に嬉(うれ)しそうな顔も見せず、「来い」とだけ言って彼の腕をつかむと、強引に小部屋の一つへと連れ込み、バタンと扉を閉めた。

ジョンソンは気を利かせ、とっくに姿を消していた。

私一人が玄関ホールに取り残された形になる。

……どうすればいいのかしら。

別室に入ったということは、私に聞かせたくない話をしているのよね？

私も空気を読んでどこかへ移動した方がいいのかもしれないけれど、二人が出てきたときにここにいなかったら、城主の妻として感じが悪いかもしれない。

迷っていたら、小部屋から、フレデリック様の声が響いてきた。

「なんだと？　どういうことだ、お前……まさか、『白い結婚』なのか⁉」

……わあ、もう「白い結婚」のことがバレているわ。

アレクシス様は声をひそめているのだろうけど、フレデリック様は地声が大きいのか、こちらに筒抜けだ。

「いや、そういう問題ではないだろう！　確かに……はかわいそうだが、だからといって……ふがっ、ふごごっ」

思わず耳を澄ませてしまったけれど、どうやらフレデリック様の口をアレクシス様がふさいだようで、もう話の続きは聞こえてこなかった。

居心地の悪いまま、私はその場に立って、彼らの話が終わるのを待った。

……かわいそう、というのは誰の話だろう？

すごく気になる……いえ、駄目よ、詮索しては。それが契約なのだから。

すっかり暗記してしまった契約書の文言を第一条から呪文のように唱え、心を落ち着かせていると、小部屋から二人が出てきた。

鉄のような無表情のアレクシス様と、さっきよりもどこか気まずそうな顔のフレデリック様。

たぶん私も同じように、気まずい顔をしているのだろう。

アレクシス様が私に声をかける。

「すまない、セラフィナ。夕食前に邪魔が入ってしまった」

「誰が邪魔だ！　貴族の模範たる僕は、人の邪魔をしたことなど一度もないぞ！」

「約束もなしにほいほい訪ねてくる貴族など聞いたこともないが？　お前はもう一度マナーの授業を受け直してきた方がいい」

「じょ、冗談じゃない！　あんな退屈な授業、二度とごめんだ！」

私はぽかんとして二人の言い合いを聞いていた。

なんというか……とても仲が良さそうだ。

気がつけば、さっきの気まずい空気はきれいに消え去っていた。

フレデリック様が私の方を向き、親しげな笑みを浮かべる。

「……やあ、君がセラフィナだね。アレクシスから話は聞いたよ。僕はフレデリック・ハワー

ド。アレクシスの遠い親戚で、昔からの友人だ」

「は、初めまして。セラフィナと申します…………あの、フレデリック様はもしかして、四大公爵家の……？」

ハワード、という家名に反応しておそるおそる尋ねると、彼は破顔一笑した。

「ははっ！　僕は気楽な三男坊だがね」

ああ、やっぱり。

四大公爵家とは、このバーラント王国で王家に次いで格式の高い、四つの公爵家を指す。その一つがハワード家だ。

貴族と言っても末端寄りの、しがない子爵家出身の私などは、本来なら一生お目にかかることさえできないような高貴な家のお方で。

そんなやんごとない身分なのに気さくなフレデリック様もすごいけれど、四大公爵家と遠縁で、しかも全く遠慮のない対応のアレクシス様もすごい。

アレクシス様はあきらめたように言った。

「……仕方がない。フレデリック、お前も夕食はまだだろう。ジョンソンに言って、厨房に対応してもらおう」

「悪いなアレクシス、ちょうど腹が減ってたんだ」

フレデリック様は少しも悪びれずに答えた。

有能な執事であるジョンソンは、言われるまでもなく厨房に指示を出していたようで、私たちが食堂へ移動すると、すぐに三人分の食事が提供された。

フレデリック様は食事中、子どもの頃のアレクシス様とのエピソードを面白おかしく話してくれた。

二人で城を抜け出して迷子になり、危うく盗賊団に誘拐されかけたけれど、盗賊の子どものふりをして間一髪逃げだしたという話や、フレデリック様が収穫祭でこっそり巨大カボチャを頭にかぶったら抜けなくなってしまい、アレクシス様がスプーンでそのカボチャの中身をひたすらくりぬいていたら、収穫祭が終わっていたという話。

ほほえましい昔話を聞いて笑っていたら、ふいに、フレデリック様がこちらを向いた。

「アレクシスはいいやつだよ。君もそう思うだろう、セラフィナ？」

急に、全身が麻痺したように動かなくなった。

セラフィナ、と私に呼びかけた彼の口調が、コンラッド様を思い出させたからだ。

『明日からまた騎士団の訓練があるんだ。王都に魔物なんて出ないし、時間の無駄だよなあ。君もそう思うだろ、セラフィナ？』

『俺はもっとビッグになる男だ。このまま子爵なんかでくすぶってはいないぜ。なあ、そうだよな、セラフィナ？』

……いかがなものかと思う発言も多かったが、だからこそ支えたかった。

セラフィナ、と呼ぶあの声とあの笑顔は、まぎれもなく、私に向けてくれたものだったから。

実の家族からは見向きもされなかった私にとって、それは何よりも大切なものに感じられた。

けれど、コンラッド様には私など必要なかった。

彼が求めたのはミリアムの方で。

一方的に婚約を解消され、私の存在意義を全否定されたような、あの悲しみや絶望。

それがまたたく間によみがえり、大波のように襲いかかってきて。

私はただ呼吸をすることさえ、うまくできなくなってしまった。

「……セラフィナ?」

フレデリック様が不思議そうに問いかける。

まるで追い打ちをかけられたように、顔から血の気が引く。

マナーとしては、すぐに顔を上げ、ほほえんで返事をしなければいけない。

でも私はフレデリック様を直視できなかった。

今にも泣いてしまいそうなのを我慢するだけで精一杯だ。

そのとき、さりげない口調で、アレクシス様が話を変えた。

「そういえば、フレデリックは愛称は嫌いだったな?」

「……ああ、嫌いだが?　なぜ今それを……」

「短い方が呼びやすいのに、こいつは絶対にフレッドとは呼ばせないんだ。君はどう思う？」

「え？」

急に話題を振られて、私の涙は引っ込んでしまった。

アレクシス様は、いつも通りの冷然とした表情を私に向けている。

……でも、よく見ると……整った顔立ちが、いつもよりなんだか心配そうな……？

それに気づいた途端、胸の中に、ほわっと温かなものが広がった。

アレクシス様は、私のために話題を変えてくれたのだ。

私は呼吸を整えてから、アレクシス様に返事をした。

「……はい。私も、短い方が呼びやすいと思います」

「そうか。では、君のことをサラと呼んでも構わないかな？」

「もちろんです！」

そう答えながら、自然に笑みがこぼれた。

サラという愛称では、家族からもコンラッド様からも、呼ばれたことはない。

王都では、みんな私のことをセラフィナと呼んでいた。

だから、アレクシス様にサラと呼ばれるのは新鮮で……そして、少し親しくなれたような気がして、とても嬉(うれ)しい。

フレデリック様は納得のいかない顔で異議を申し立てた。

「いや待て。いいかアレクシス、お前の名前には古来『守護者』という意味があり、僕のフレデリックという名前には『平和な君主』という尊い意味が込められているんだ。昔から脈々と受け継がれてきた、由緒ある大切な名前だぞ。それを略すなど貴族として……」

「心配するな。略しても意味は同じだ」

「そういう問題じゃないっ！」

シアフィールドでの初めての夜は、こうしてにぎやかに更けていった。

だいぶ遅い時間になり、アレクシス様とフレデリック様におやすみなさいを言った後、私は一人で裁縫室に入った。

燭台の灯りで室内を照らす。

圧倒されるほど豊富な布地や絹糸の量に、思わず、幸せなため息がこぼれた。

こんなにたくさんの素材を自由に使っていいという状況は生まれて初めてで、何を作ろうか迷ってしまう。

あれこれと布を出してはしまい、楽しく悩んだ末に。

私は針に糸を通し、刺繡をはじめた。

翌日は快晴だった。

「おはよう！　いい天気だな！　今日は皆で湖に行って、小舟に乗らないか？」

朝食室に来るなり、フレデリック様は元気に言った。今日も声が大きい。

「仕事がある」

アレクシス様は一蹴した。今日も冷ややかだ。

塩対応には慣れているのか、既に朝食の並べられた席につきながら、フレデリック様は少しもめげずに友人をたしなめる。

「お前、新婚だろう？　新妻をほったらかして仕事なんてしてる場合か？」

「新婚だからといって仕事は待ってくれないからな。サラ、すまないが、午前中は町の教会の叙任式があって不在にする」

いきなりサラと呼ばれて、私の心臓は跳ね上がった。

「はっ、はい！　わかりました」

なんだか嬉しいような、気恥ずかしいような、落ち着かない気分だ。

ポケットの中にあるものを、必要以上に意識してしまう。

昨日の夜、あの裁縫室ではじめて刺したのは、「A」の飾り文字を刺繍した男性用のハンカチだった。

もちろん、「A」はアレクシス様の頭文字で。

私をシアフィールドへ連れてきてくれた彼への感謝のしるしに、ひときわ丁寧に、心をこめて刺したものだ。

……でも、いきなりこんなものを贈っても、受け取ってもらえるかしら？

冷たく「不要だ」とか言われたら、立ち直れない気がする。

一人悶々としながらフォークを握りしめる私に、フレデリック様がため息まじりに言った。

「仕方のないやつだな。それではサラ、僕たち二人だけで行こうか」

「えっ？」

思いがけない誘いに驚いたけれど、フレデリック様は大貴族であり、生粋の紳士だ。

きっと、この城に来たばかりの私が一人ぼっちになってしまうと心配して、礼儀正しく誘ってくれているのだろう。

どう答えようかと考えていると、隣の席から、冬のような冷気が漂ってきた。

何かしら、と横を向くと。

ナイフを持ったアレクシス様が、無表情のまま、鋭い目でフレデリック様をにらんでいた！

………お、怒っているのかしら？

そうよね……自分は仕事をしなければならないのに、友人と妻が二人で小舟に乗って遊んでいたら、それは怒るわよね……！

私は急いで言った。

「ごめんなさい、フレデリック様。せっかくなのですが、私もこの城のことをジョンソンに教えてもらう予定なので……」

「そうか、残念だな。それでは僕は散歩でもするとしよう」

その言葉でアレクシス様の表情も元に戻ったようで、私はほっと胸をなでおろした。


朝食が終わった頃に、町の教会の司祭がアレクシス様を迎えにきた。

軽く叙任式の打ち合わせをしてから、馬車で町へ向かうそうだ。

私は挨拶(あいさつ)と見送りをしようと、書斎(しょさい)の前の廊下で待ちかまえていた。

しばらくすると二人が書斎から出てきた。

まだ若そうな司祭の男性は、私を見るとにっこり笑った。

「この度はご結婚おめでとうございます、伯爵夫人」

「ありがとうございます、司祭様」

「昨日こちらへいらしたばかりということですが、落ち着かれましたら、ぜひシアフィールド教会にもお立ち寄りください。歓迎いたしますよ」

司祭は穏やかな口調で言った。

王都では慈善バザーで教会にお世話になっていたため、私は優しく物腰の柔らかな聖職者の人たちに対して、親近感を抱いていた。

まだ慣れない環境に緊張しっぱなしだった私は、懐かしい教会の空気を感じて嬉しくなった。

「はい、行ってみたいです。ぜひ伺わせてください」

「もちろんですとも！　うちの教会では週に二回のミサを行っていて、それ以外にも水曜日の勉強会や子どもたちの日曜学校、恵まれない人々への慈善訪問も随時行っています。ちょうど人手が足りなくて困っていたのですが、伯爵夫人が手伝ってくださるというのなら万々歳ですよ。教区の人たちも、こぞってあなたに会いに教会へ来るでしょう。いやあ、ありがたいことです。それで、いつ来られますか？」

「あ、いえ、あの……」

司祭は意外と押しの強い人だった。

「そろそろ時間なのでは？」

私が困っていると、アレクシス様が話をバッサリと断ち切ってくれた。

「司祭殿。妻はまだこちらに不慣れなため、強引な勧誘はご遠慮願いたい」

さらに釘を刺され、司祭が苦笑いを浮かべる。

「そうでしたね、申し訳ありません。では伯爵、教会の方へ参りましょうか。失礼しました、伯爵夫人」

「では行ってくる、サラ」

「はい。行ってらっしゃいませ」

アレクシス様は司祭と共に馬車に乗り込み、町へ行った。

また助けられてしまったわ……。

玄関ホールに戻り、ふと、ポケットに入れていたハンカチのことを思い出した。

結局渡す機会がなかったそれを取り出し、残念な気持ちで眺めていたら。

「そのハンカチ、君が刺繍をしたのか？　すごく上手だね」

「フ、フレデリック様！　あの、はい……ありがとうございます」

いつの間にかフレデリック様がすぐ近くにいて、私が握りしめているハンカチをのぞきこんでいた。

「A」の飾り文字を見ると、彼は屈託のない笑みを浮かべた。

「アレクシスにあげるんだろう？　きっと喜ぶよ」

「そう、でしょうか……？」

不安げな私に、フレデリック様は元気づけるように言った。

「もちろんだとも。あいつがわざわざ王都にまで君に求婚しに行ったなんて、よっぽどのことだからね。元々そっけない性格だったけど、二年前に先代のミドルトン伯爵夫妻が病気で亡くなってからはますます心を閉ざして、『氷の伯爵』なんて呼ばれて……」

アレクシス様がわざわざ王都に求婚しに来てくれたのは、必要に迫られ「白い結婚」をするためだったのだけど、フォローしてくれる親切さが心に沁みる。いい人だ。

けれど同時に、ミドルトン伯爵夫妻の名前を聞いて、きゅっと胸が痛んだ。

二人は病気で相次いで亡くなられ、城からほど近い丘の上の墓地で眠っているそうだ。

アレクシス様は、ほとんど家族の話をしない。

きっと意図的に避けているのだろう。

この大きな城に、彼の家族は、もう誰もいないのだ。

「……いやあ、だけど、アレクシスが君みたいないい子と結婚できて安心したよ！　たとえそれが白いけっ……げほげほっ」

「だ、大丈夫ですか？」

フレデリック様は目をそらし、「散歩に行ってくる」と言ってそそくさと出かけてしまった。

✧✧✧

一人になった私は、アレクシス様のために何ができるかしら、と考えていた。

早く城の切り盛りを覚えて、妻としてサポートするのはもちろんだけど、それ以外にも彼のために役に立ちたかった。

昨夜、不意にコンラッド様とのことを思い出してしまい、泣き出しそうになった私をさりげなく助けてくれた彼は、きっと、とても優しい心の持ち主だ。

あのまま王都のアーチボルド家にいたら、幸せなミリアムを目の当たりにしながら、私はおそらく一生家に閉じこもったまま、死んだように生きていただろう。

そんな状況から私を救い出し、シアフィールドへ連れてきてくれたアレクシス様は、まさに私にとっての「守護者」に違いなかった。

けれど、これは契約結婚だ。

私だけが一方的に守られているわけにはいかない。

かといって私が人並みにできることと言えば、刺繍くらいしかない。

でもハンカチすら渡せないのに、何をどうすれば喜んでもらえるのかしら……？

そのとき、玄関ホールに飾ってある大きな肖像画が目に入った。

おそらく半世紀以上は昔の、ミドルトン家の祖先の誰かだろう。

立派な口髭を生やし、時代を感じさせる衣装を着て、こちらを見下ろしている。

油彩で描かれているその絵は立派だけれど、重厚で近寄りがたい雰囲気をかもしだしていた。

ハッと、私は閃いた。

「そうだわ……アレクシス様のご両親の肖像画を明るい色の糸で刺繍して、壁に飾れるようなタペストリーにしたらいいんじゃないかしら。そうしたらあの部屋にいるときも、少しは安らげるかも……」

最初に城を案内してもらったとき、アレクシス様の私室も見せてもらった。

彼らしい、シンプルだけど上質な調度品を揃えた、広い部屋だ。

だけどそこには絵の一つも飾られておらず、きれいだけど、がらんとして少し寂しい部屋だと感じた。

その部屋を見た途端、何か温かい色調の絵や置物があるといいな、と私は思ったのだ。

領主の仕事で忙しい彼が、部屋にいる間は、もっとくつろいだ気分になれるように。

がぜん、やる気がわいた。

先代のミドルトン伯爵夫妻の刺繍タペストリーを作ろう。

肖像画というものは、えてして重々しく、生真面目なものだ。

遠い祖先ならともかく、自分の両親の肖像画なら、もっと気軽で親しみやすい雰囲気でもいいはずだ。

昔、刺繍の先生のお誕生日に、先生のご両親の絵姿を温かい色合いの刺繍にして、きれいな額に入れて贈ったことがある。

先生はとても喜んでくださった。

刺繍に理解のあるアレクシス様なら――たぶん理解があるような気がする――喜ぶとまではいかなくとも、とにかく、部屋に置いてはくださるんじゃないかしら。

さっそく私はその肖像画を捜して、城内をあちこち歩き回った。

けれど、それらしきものはどこにも見当たらない。

私付きの侍女のクレアに聞いても、他の使用人に聞いても、肖像画がどこにあるかはわからないと言う。

……なぜ、ないのかしら？

先代夫妻の肖像画なんて、城の中でも一番身近な場所に飾ってありそうなのに……。

私は忙しそうなジョンソンをようやく捜しだした。

「おや、奥様。どうされましたか？　出入りの商人たちが来る時間はまだですが」

「ジョンソン、先代の伯爵夫妻のことを聞きたいの。この城に肖像画はあるかしら？」

「先代の肖像画ですか？　……北の塔に飾ってありますが……見に行かれるおつもりですか？」

「ええ」

北の塔にはまだ行ったことがない。

城を案内されたときにも、そこには行かなかったし、話題にも出なかった。

アレクシス様に許可をもらった方がいいのか迷ったけれど、契約書には立ち入り禁止場所などの記載はなかったし、今は使われていない塔のようだから、問題ないだろう。

「奥様……おそれながら、一つだけご注意を申し上げてもよろしいでしょうか？」

ジョンソンは鍵を手渡しながら、なぜか困ったような表情を浮かべた。

「え？　ええ……何かしら？」

「……くれぐれも、最上階にあるチェストの引き出しは、開けないでください」

チェストの引き出し？

事情はよくわからないけれど、さすがに引き出しと見れば手当たり次第に開けるような真似(まね)はしない。

「わかったわ、ジョンソン。鍵をありがとう」

何か気がかりでもあるのか、ジョンソンは塔へ向かう私を不安そうな顔で見送った。

敷地のはじっこの、日当たりの悪い寂しい場所に、その塔は建っていた。

ずいぶんと古い、石造りの円塔だった。

下の方は苔(こけ)むしていて、風雨に黒ずんだ石積みの壁が高く伸び、ぴんと尖(とが)った屋根が青空を突いている。

年代物の古い鍵を苦労して開けて、中へ入った。

昔の造りで窓が小さいので、内部は薄暗い。

壁を這(は)うようにぐるりと、手すりのない螺旋(らせん)階段が、最上階へと続いている。

時折、笛のような風の音が、塔の中をくぐり抜けていく。

ひんやりとした空気の中、冷たい石の壁に手を当てながら、慎重に階段を登りはじめた。

階段は狭くて急だった。

踏み外せば、まっさかさまに石の床に墜落だろう。

落ちれば、まず命はない。

私はなるべく下を見ないようにした。

落ちたときの想像はやめて、別のことを考えよう。

そしたら、つい最近まで城主夫妻だった二人の肖像画が、なぜこんな寂しい場所に飾られているのだろうかという疑問が浮かんだ。

お二人は塔の上が好きだったのかしら？

それとも、アレクシス様とご両親は仲が悪かったとか？

長い階段を登りきり、ようやく最上階の小部屋に入ると、壁に掛けられた肖像画が目に飛び込んできた。

私は一目見て、それがここにある意味がわかった気がした。

その小部屋には四方に小さな窓が開いていて、白い昼の光が細く差し込んでいる。

肖像画は、直接日差しを浴びない位置に、美しい額に入れられて大事に飾られている。

そこには聡明（そうめい）で穏やかそうな茶色い髪の男性と、悪戯（いたずら）っぽく笑う黒髪の美しい女性が描かれていた。

とても素敵な夫婦だ。

アレクシス様はお母様似のようだった。

肖像画の真下には、ジョンソンが言っていた通り、アンティークのチェストがあった。

その上の花びんには、今朝摘んだばかりのようなみずみずしい花が生けられている。

床にはほこり一つ落ちていない。

この場所が普段から大切に手入れをされていることがわかる。

——きっと、あまりにも大切で、失ったことが悲し過ぎるから。

だからアレクシス様は、城の中にこの肖像画を飾ることができなかったのかもしれない。

そう思わずにはいられないほど、この部屋は、亡くなった二人のための静謐な空気に満ちあふれていた。

しばらくの間、私は何も考えられずに、ただその絵を見上げていた。

それからふとチェストを見ると、引き出しが少し開いていた。

その中に、真っ黒で分厚いノートのようなものの表紙がちらりと見えている。

ジョンソンのあの口ぶりから察するに、これは大切なノートなのだろう。

窓から雨が降りこむといけない。

引き出しを閉めようと、手を伸ばすと——

ぐっと腕をつかまれた。

「ここで何をしている」

アレクシス様だった。

一瞬で、胃がきゅっと縮み上がった。

彼は今まで見たことのないような厳しい表情を、私に向けている。

「………あ……あの、私……アレクシス様のご両親の肖像画を見たくて…………刺繍にして、あなたに贈りたいと思って…………」

「……………私に？」

「は、はい…………余計なことをして、申し訳ありません…………」

来なければよかった、と、深く後悔した。

無神経だった。

おそらく、彼の悲しみはまだ少しも癒えていないのだ。

それなのに本当に余計なお世話だろう。

怒られると思い、無意識に体がこわばる。

けれど、いくら待っても、何も言われなかった。

見上げると、アレクシス様の黒い瞳がゆらぎ、どこか戸惑ったような、困っているような表情を浮かべている。

常に一切の隙を見せず、「氷の伯爵」という呼び名にふさわしい冷静沈着な方なのに。

やがて彼はその表情を消すと、平坦な声で言った。

「この塔は古くて危険だ。二度とここへ来てはいけない」

「……はい。わかりました」

アレクシス様は空いている方の手で、チェストの引き出しを閉めた。

反対の手は、まだ私の腕を握ったままだ。

それを一度離すと。

彼は、自分の手と私の手を、しっかりとつないだ。

「行こう、サラ」

「………はい」

アレクシス様は私の手を引き、先に立って、ゆっくりと螺旋階段を下りはじめた。

つないだ手の温もりに、心が騒ぐ。

それと同時に、ふたたび強い後悔が押し寄せた。

怒って当然なのに……アレクシス様はこんなときでも、私を気遣ってくれるのね……。

サラ、と私を呼んだ声は、少しも冷たくなかった。

手をつないだまま、一段一段、先導するように下りてくれる。

時折、危なくないかと確認するように彼がこちらを向くたび、頬が熱くなった。

筋張った大きな手は力強くて、この手を握っている限り、絶対に階段から落ちることはないだろうと思えた。

嫁いだ早々、出過ぎたことをしてしまった私に、アレクシス様はどこまでも優しい。

だからこそ無力で何も知らない自分が、もどかしくて仕方がなかった。

やっぱりどうしても、この人の役に立ちたい。

何をすれば喜んでもらえるのかは、まだ全然わからないけれど……。

長い螺旋階段を下り、塔を出て、後ろを振り返った。

地上から仰いだあの最上階は、入る前よりも謎めいて見えた。

第四章 ミドルトン一族

澄んだ青空に羊雲が浮かび、季節は日ごとに秋らしくなっていた。

私がシアフィールドへ来て三日目。

一人の侍女が、城を訪れた。


「こんにちはー。領主様、いらっしゃいますかー?」

アレクシス様とフレデリック様と私は、図書室でお茶を飲んでいるところだった。

図書室と言っても扉がないために風通しが良く、中央に大きなソファとテーブルの置かれた、くつろげる空間だ。

そのため、玄関ホールの声がよく聞こえる。

彼らは同時にぎくりとした顔をした。

フレデリック様が急に立ち上がった。

「しまった! そういえば今日はまだアヒルにエサをやってなかった」

そう言って彼はそそくさと去っていった。アヒルなんて、この城のどこにいるんだろう?

アレクシス様はわずかに眉根を寄せ、とても不味そうにお茶を飲んだ。

どなたかのお使いの侍女かしら？

玄関ホールから大声で城主を呼ぶ侍女なんて、聞いたこともないけれど……。

しばらくして、ジョンソンが現れた。

「失礼いたします、旦那様、奥様。エルシーがお目通りを願っておりますが」

「……通してくれ」

なぜか、その言葉が「追い返してくれ」のように聞こえたけれど、聞き間違いだろう。

すぐに、ジョンソンが赤毛の侍女を連れてきた。
十六、七くらいで、背が高く、赤いくせっ毛を器用に結って白のヘッドドレスを着けている。
城の侍女たちのパリッとした黒いお仕着せとは違い、明るい茶色の侍女服で、スカートの丈も短い。

とても元気そうな子だ。

彼女は私を見るなり、ぱっと顔を輝かせた。

「あっ！　王都からいらした若奥様ですね？　あたし、マーガレット様の侍女のエルシーっていいます！」

「よ、よろしくね、エルシー」

エルシーは私の手を両手で握った。握力が強い。

それにしても、マーガレット様とは誰だろう。

アレクシス様のお知り合いの方かしら？

「それで何の用だ、エルシー」

さりげなく、私の前にアレクシス様が立った。

まるで何かを警戒しているように。

エルシーは腕に提げているバスケットから何かを取り出そうとした。

「あのですね、ご結婚をお祝いしてマーガレット様がケーキを焼いたので……あれっ？」

ごそごそとエルシーが中身を探る。

バスケットに被せられた布がめくれて。

中から黒っぽい何かが、私めがけて飛び出してきた！

「ひゃっ！」

私は思わず悲鳴をあげた。

同時に、アレクシス様が空中でバシッとそれをつかむ。

おそるおそるそちらを見ると。

たいそう立派なヒキガエルが、彼の手の中でじたばたしていた。

す、すごい……。

こんなに巨大なヒキガエルを見たのも初めてだけれど、それを平然とつかむアレクシス様もすごい……。

「うぇえ、なんでそんなものが……すみません、確かにケーキを入れたはずなんですけど……？」

エルシーはヒキガエルに顔をしかめながらも、しきりに首をひねって不思議そうにしている。

アレクシス様はつかつかと窓辺へ行き、それを外へ放り投げた。

ヒキガエルは草の上で見事に受け身を取った。

そして、ぴょんぴょん飛びはねながら、どこかへ去って行った。

ジョンソンが差し出したタオルで手を拭きつつ、アレクシス様は無表情でエルシーに言った。

「つまり、これが大伯母様なりの祝福ということなのだろう？」

私は思わず彼を見た。

大伯母様。

では、マーガレット様こそが、彼に結婚を強要した「厄介な親戚」なのだ。

エルシーが慌てて首を横に振る。

「ち、違いますよ？　奥様はそんな意地悪な方じゃあ……ええと……多分、ちょびっとしか意地悪じゃないかと……」

……マーガレット様は意地悪な方なのかしら？

意地悪というよりは、毒のあるユーモアの持ち主のように感じる。

王都育ちの私は、実際にヒキガエルを見たのは初めてだ。

驚きつつも、実は、ちょっとだけ嬉しかった。

触ったりはできないけれど、刺繍の図案にしたらかなり面白そうだ。

あのイボイボの体はどんなステッチが合うかしら。糸の色をカラフルにしたらかわいいかもしれないわ。いっそ毛糸で刺繍してみたら……。

「だから、彼女はまだこちらへ来たばかりなんだ。サラを連れて大伯母様のお茶会へ行くのは、もうしばらく待ってほしい」

「で、でもですね、奥様はすごーく楽しみにしてらっしゃって……」

「楽しみ？　私の妻をいびることが？」

「ひどいです、領主様！　老い先短い奥様になんてことを！」

ハッとわれに返ると、いつの間にか言い争いが始まっていた。

「あの、私でしたらいつでも……」

と言いかけ、口をつぐむ。

アレクシス様が物言いたげな目で私を見ていたからだ。

「……………ええと……落ち着いたら伺います、と伝えてもらえるかしら……？」

エルシーは渋々了承して、マーガレット様のもとへ帰って行った。

図書室に二人きりになると、アレクシス様に礼を言われた。

「助かった。ありがとう」

あの返答で正解だったようで、ほっとした。

でも、なぜあんなにかたくなな態度を取るんだろう。

私は思い切って尋ねてみた。

「アレクシス様は、大伯母様に会いたくないのですか？」

「会いたくない、というわけではないが……」

それから、彼が話してくれた事情はこうだ。

マーガレット様は若い頃、引きも切らない貴族令息たちからの求婚をことごとくはねつけ、王都でも有名なステイプルトン商会という豪商の若旦那と、身分を超えた恋愛結婚をした。

愛し合う夫婦の力によって、元々大きかった商会は、さらに発展した。

そんなある日、マーガレット様は突然、最愛の夫を事故で亡くしてしまった。

彼女は築き上げた商会での地位を捨てて、生まれ故郷のシアフィールドへと戻ってきた。

それ以来、大甥であるアレクシス様を次期伯爵として厳しく教育することに、心血を注いできたらしい。

その甲斐あって、二年前にご両親を亡くしたあとも、アレクシス様は爵位を継ぐと同時に領地経営に手腕を発揮し、血族の少ない若い伯爵だからといって誰かに足元をすくわれることも、腹黒い他の貴族たちに財産や領地を掠めとられることもなかった。

だが、マーガレット様の教育方法というのが問題だった。

「貴族年鑑を丸暗記できなければ気絶するほど不味い薬草ジュースを一気飲みさせるし、耐性をつけろと古今東西の毒を飲まされて何度か死にかけたし、強くなれと五歳の頃から商会の用心棒たちを相手に毎日倒れるまで戦わされて……とにかく、容赦のない人なんだ」

「ものすごくスパルタですね……」

遠い目をしていたアレクシス様が、ふいに私を見た。

「……だから、君に対しても何を言い出すかわからない。できる限り、君のことは私が守るつもりだが……」

その言葉を聞いた途端、ぽっと火が灯ったように、体の中が温かくなった。

彼は、私がマーガレット様にひどいことをされないかと、心配してくれているんだ。

だからなるべく、訪問を先延ばしにしようとしてくれていて。

急に元気が出てきた私は、これ以上彼を心配させないよう、はきはきと言った。

「アレクシス様、私なら大丈夫ですわ。これでも打たれ強い方なのです。これまで教えていただいた家庭教師の先生方にも、厳しくて要求の高い先生はたくさんいらっしゃいましたし……まあ、マーガレット様ほどではないでしょうけれど……でも、何を言われたとしても平気です」

アレクシス様は意外そうに私を見ると、わずかに口元をゆるめた。

「そうか。それは頼もしいな」

それは彼と出会ってから初めてと言っていいほど、打ち解けた雰囲気だった。

この機会にと、私は改めて、昨日北の塔に勝手に入った件を謝罪した。

「あの……昨日は、本当にすみませんでした。許可も得ずに勝手なことをしてしまって」

「……いや、私も最初に伝えておくべきだった。いきなり驚かせてしまって、悪かった」

思いがけず、そんな返事が返ってきた。

もしかしたら、彼も昨日のことを気にしていたのかもしれない。

フレデリック様と三人でお茶をしていたときも、どこか物憂げな様子だったから。

だけど謝り合ったことですっきりしたのか、アレクシス様はいつもよりくだけた雰囲気で、こう言ってくれた。

「他の場所ならどこに行っても構わないよ。そういえば、裁縫室は気に入った？」

「はい！　もちろんです！」

これはまたとないチャンスだ。

今を逃したら、私は一生、アレクシス様に贈り物なんてできない気がする。

私はポケットにずっと大事に入れていたハンカチを取り出して、両手で握りしめると、彼の方へ、ぐいっと突き出した。

「こっ、これは、さっそく裁縫室で刺繍してみたハンカチなのですが……」

言いながら、みるみる顔が赤くなっていくのが自分でもわかる。

頼むから熱よ引いて……。

ただのハンカチなのに重いから……！

アレクシス様は、少し驚いたようだった。

「私にくれるの？」

「はい。もしよろしければ……」

「ありがとう」

彼はごく自然にハンカチを受け取り。

「A」の飾り文字をじっと見ると。

私に、ほほえみかけた。

「サラは、本当に刺繍が上手なんだな」

「っ……！」

なんてこと………。

初めて、アレクシス様の笑顔を見てしまったわ！

氷の伯爵だなんて、とんでもない。

それは春の日差しのように温かくて優しい笑顔だった。

普段から美形だけれど、笑うと心臓が撃ち抜かれるほど魅力的で。

いつもの冷然とした空気とのあまりの違いに、目が離せなくなってしまう。

そのとき、背後から遠慮がちに、ジョンソンの声がした。

「……失礼いたします、旦那様、奥様。たった今、エルシーが戻ってきまして……」

「領主様ー、マーガレット様が『それならわたくしが今から老骨に鞭打ってあの丘を登って、城まで出向こうかしらね』とおっしゃってますがー？」

ジョンソンの後ろからひょこっと顔を出したエルシーが、大きな声でそう報告した。

アレクシス様のほほえみが、跡形もなく消え失せた。

代わりに、うつろな視線が私へ向けられる。

「行ってもいいですよ」という意を示すため、私は急いで首を縦に振った。

彼はため息と共に、エルシーに告げた。

「……明日伺うと伝えてくれ」

「はーい！」

エルシーは意気揚々と城を辞し、ジョンソンも気の毒そうに一礼して下がった。

私はちらりとアレクシス様を見た。

彼は気まずそうに言った。

「……すまない。さすがに高齢の大伯母様に、城への急な坂道を歩かせるわけにはいかないから……」

「いいえ、構いません。お会いできるのが楽しみです」

私はにっこり笑った。

この城は小高い丘の上に建っていて、眺めはいいけれど、下から登ってくるのは結構骨が折れそうだった。高齢の方ならなおさら大変な道のりだ。

だから、アレクシス様は大伯母様を慮(おもんぱか)って、あんなに嫌がっていたのに、自分から出向くと言ったのだろう。

なんだかんだ言っても、やっぱり親戚(しんせき)の大伯母様を大事にしているのだ。

翌日の午後、アレクシス様と私は、二人でマーガレット様の家へ向かっていた。

フレデリック様は暇そうだったにも関わらず、同行することをやんわりと拒否した。

彼もマーガレット様との面識はあるようだけれど、あの家の「コレクション」が苦手らしい。

「僕は遠慮するよ。二人でお茶を楽しんでくるといい」

と、引きつった笑顔で私たちを送り出した。

それにしても、コレクションって何かしら?

もし手芸関係のものだったら、きっと仲良くなれるわね。

私はわくわくしながら、城からの下り坂をアレクシス様と並んで歩いた。

丘の下の、緑色の屋根のこぢんまりとした一軒家が、マーガレット様の暮らす家だ。

かわいらしい赤い玄関扉をノックすると、エルシーに中へと通される。

廊下を歩き、厨房の横を通った。

何の気なしにそちらを見て、目を疑った。

厨房の大きな棚一面に、怪しいものが陳列されている。

漬けられたマムシ。

黒焼きのヤモリ。

何かの目玉。

何かの手らしきもの。

不気味な形をした植物の根っこ。

そうした珍品奇品が、ガラスびんに詰められ、ずらりと何列も並べられているのだ。

……もしかしてあれが「コレクション」なのかしら……？

見てはいけないものを見てしまったような気がする。

きっと何かの見間違いよね、と自分を納得させながら、私はエルシーとアレクシス様の後について居間へ入った。

「こんにちは、大伯母様。本日はお招きいただきありがとうございます」

アレクシス様は「お招きありがとう」などとはちっとも思っていなさそうな顔で、そう挨拶をした。

居間の奥のロッキングチェアには、白髪の女性が座っている。

あの方がアレクシス様の大伯母である、マーガレット・ステイプルトン様だ。

現在はこの家で、侍女のエルシーとともにひっそりと暮らしている。

一見地味な生活のようだけれど、実は彼女こそがシアフィールドの影の重鎮らしく、領内のいざこざも彼女の鶴の一声で解決してしまう、ということもままあるらしい。

ロッキングチェアで手紙を読んでいたマーガレット様は、いくつものしわの刻まれた顔を、こちらへ向けた。

真っ白な波打つ髪を美しく結い上げ、ボウタイのついた華やかだけれどゆったりとした青いドレスを着ている。

ややつり上がった緑色の目からは、ご高齢なのに、あるいは、だからこそ、一瞥しただけで心の底まで見透かしてしまいそうな力を感じる。

しわは多いけれど、肌には艶があった。

お化粧は濃い目で、真っ赤な口紅を引いている。

「あらアレクシス、ようやく来てくれたのね。あなたのことだから、花嫁を後生大事に城の奥へ閉じ込めて、わたくしには見せてくれないのだろうと思っていたわ」

「ご冗談を。大伯母様、こちらが私の妻のセラフィナです」

「はじめまして、ステイプルトン夫人。セラフィナと申します。どうぞ、サラとお呼びください」


　彼女はじっくりと私を眺めてから、読みかけの手紙を机に置いた。

　机の上には彼女宛ての手紙が山のように積まれていて、その中には貴族の封蠟の付いたものも多い。こうして隠居生活をしていても、強い影響力を持つ方なのだとわかる。

　彼女はソファを指し、てきぱきと言った。

「ようこそ、サラ。そこに座って。わたくしのことはマーガレットと呼んでくれて結構よ」

「はい、マーガレット様」

「エルシー、お茶はまだなの？」

「奥様、お待たせしました！」

　すぐに別の部屋から、エルシーがお茶のワゴンを勢いよく運んできた。

　隣に座るアレクシス様から、警戒する気配が伝わってきた。

　なんとなく私も緊張しながらエルシーを注視していると。

「きゃあっ！」

　エルシーが絨毯につまずき、盛大にお茶をぶちまけた。

「サラ！」

　すかさずアレクシス様が私の体を引き寄せる。

　私も反射的によけたため、熱々のお茶を全身に浴びずに済んだ。

けれど、手にお茶がかかってしまった。

アレクシス様が私の手をひったくり、自分のハンカチでさっと拭いてくれた。

「大丈夫か？　火傷してない？」

「だ、大丈夫ですわ」

「ももも、申し訳ございませんっ！」

「いいのよ。そんなに熱くなかったから」

アレクシス様とエルシーにそれぞれ答えながら、私の手も頬も段々熱くなってきた。

彼はまだ私の手を握り、火傷をしていないかしっかりと確認してくれていて、マーガレット様がじっとその様子を見ている。

エルシーが急いでこぼれたお茶を拭いてしまうと、マーガレット様が楽しそうに、赤い唇を弓なりにした。

「仲が良さそうで何よりだこと。アレクシスときたら『氷の伯爵』なんて呼ばれていて、あのままでは一生独身を貫くとでも言い出しかねなかったものね」

「……大伯母様」

アレクシス様が険しい表情を浮かべる。

ぴり、とどこか空気が緊張をはらんだけれど、それに気がつかないエルシーが無邪気に口を挟んだ。

「本当ですね！　領主様はロージー様以外の女性は眼中になかったですから」

その一言で、ぴり、どころか、ガッチガチに空気がこわばった。

私は何気ないふりをしてお茶を口に運んだけれど、内心は穏やかではなかった。

……ロージー様？

聞いたことがないけれど、どなたかしら……？

「あっ、ロージー様といえば、また体調を崩して寝込んでいらっしゃるそうですよ。心配ですね」

エルシーのその一言を聞くと、アレクシス様はガタッ、と勢いよく立ち上がった。

私はびっくりして彼を見上げた。

いつも冷静なアレクシス様が、狼狽（ろうばい）している。

彼は早口で言った。

「……申し訳ありませんが、私は今日はこれで失礼させていただきます。サラ、君はゆっくりしていってくれ」

「えっ？　あ……はい」

アレクシス様は風のように去って行った。

しんと静まりかえった部屋に、どこからか、カラスの「カァー」という鳴き声が聞こえる。

マーガレット様がため息をついた。

「……やれやれ。結婚して少しは落ち着くかと思ったら……」

「相変わらずロージー様に夢中ですね」

マーガレット様がぎろりとエルシーをにらむ。

「エルシー、掃除は終わったのかしら?」

「すぐにやります!」

エルシーはぴゅうと出て行った。

マーガレット様と私だけになった部屋に、気まずい沈黙が訪れる。

礼儀正しく振る舞うのなら、軽い話題でも振って、空気をなごやかにしなければならない。

だけど、私はそれどころではなかった。

頭の中は、会ったこともないロージー様のことでいっぱいだった。

あんなに慌てた様子のアレクシス様は初めて見た。しかも、マーガレット様の侍女のエルシーですら、アレクシス様がその方に夢中であることを知っているのだ。

きっと、誰もが黙認している、身分の低い恋人なのだろう。

身分違いのために彼女と結婚することはできないから、アレクシス様は仕方なく、私と結婚した。

だから、私との結婚は「白い結婚」だったのだ。

そう理解して、私は不思議に思った。

……おかしいわ。なぜこんなに胸が苦しいのかしら？

最初からアレクシス様に事情があることはわかっていたはずだ。

なのに、どうしてだろう。

目の前が真っ暗に閉ざされたような気分になる。

「ねえサラ、さっきアレクシスが持っていたハンカチだけれど、あのイニシャルの刺繍はあなたがしたの？」

ふいにマーガレット様にそう尋ねられた。

私は力なくほほえんだ。

「……はい。私が刺繍して、アレクシス様に差し上げたものです」

アレクシス様が受け取ってくれて、しかもすぐに使ってくれて、とても嬉しかった。

……それも単に、彼の礼儀正しさだったのだろうけど……。

またふさぎかけた私に、マーガレット様が言った。

「刺繍が好きなのね？　他にも、あなたが刺繍した物はあるかしら？」

「あ、はい。このハンカチもそうです」

四隅にラベンダーを刺繍した私のハンカチを取り出すと、マーガレット様は手に取り、じっくりと真剣に眺めた。

その緑色の瞳が、きらりと光る。

「……まあまあ……あらあら。本当に上手なのねえ」

「ありがとうございます。マーガレット様も刺繍（ししゅう）がお好きなのですか？」

「わたくし？　わたくしは、刺繍よりも別の手作業が好きね。お鍋（なべ）でコトコト煮たりだとか」

「お鍋……お料理をされるのですか？」

さっき厨房（ちゅうぼう）で見た光景が頭をよぎった。鍋で何を煮るのだろう。まさか、あのコレクションのどれかを？

「おほほ。まあ、そんなところかしら。ねえサラ、今度、わたくしにも刺繍をしたハンカチをくださらない？」

「はい、もちろんです」

カラスが再び「カァー」と鳴いた。

屋根の上にでも止まっているのだろうか。

お茶を飲みながらマーガレット様とおしゃべりしていると、ささくれだった心は少しずつ落ち着いてきた。

だけど、お茶会が終わって城に帰っても、アレクシス様はまだ戻っていなかった。

ぽっかりと空いた彼の席を気にしたまま、私はフレデリック様と二人で夕食をとった。

話し上手なフレデリック様と食事をするのは楽しかった。

けれど、契約書に相互不干渉という条項があるために、私からはアレクシス様のことは何も聞けず、会話がどうしても表面的なものになってしまう。

私を気遣い、何かと話しかけてくれるフレデリック様も、アレクシス様が今どこにいるのかという話題は慎重に避けているように思えた。

コンラッド様がどこにいるのかを慎重にはぐらかす、彼の男友達のように……。

「そういえばこの間王都へ行ったとき、サラの噂を聞いたよ」

唐突に、フレデリック様はそんなことを言った。

「私の噂……ですか？　それはどのような……」

内心びくびくしながら尋ねる。

婚約者を妹に奪われたみじめなお針子令嬢、という噂しか、される心当たりはない。

けれども彼は思いがけないことを言った。

「確か、『お針子令嬢はすごい』だったような……？　うーん、何がすごいんだったっけ……」

「す、すごくなんかないです」

すごくみじめ、という意味だろうか？　それなら当たっている。

フレデリック様はパチンと指を鳴らした。

「思い出した！　君は、『刺繍がすごい』と噂されてたんだ」

「え……？」

にわかには信じられなかった。

広い王都で、私のありふれた刺繍が「すごい」と噂になる？

そんなに都合のいい話があるかしら？

フレデリック様は笑顔で私に尋ねた。

「今は何か作っているの？」

「あ……はい。実は……」

アレクシス様にはまだ内緒だけれど、彼に使ってもらえたらいいなと思い、刺繍しているものが一つあった。

フレデリック様に食事の後でそれを見せてほしいと言われ、恥ずかしながら、作りかけのその作品を裁縫室から持ってきた。

彼はそれを見ると、心のこもった賛辞をくれた。

「これはすごい！　サラの刺繍が王都で評判になるのもわかるよ」

「……ありがとうございます」

かなり恥ずかしいけれど、そんな風に手放しでほめてもらえるのは、やっぱり嬉しかった。

「アレクシスが戦場でこれを着けたら、見映えするだろうな」

「そ、そうでしょうか……？」

ハンカチに続き、アレクシス様のためにまたしても夜な夜な刺繍をしていることがバレてしまい、なんだかいたたまれない気持ちになった。

フレデリック様は「白い結婚」のことを知っているようだし、痛々しい子だな、なんて思われるくらいならば、いっそ消えてしまいたい。

しかも、アレクシス様本人は「ロージー様」のところへ行っていて、まだ戻ってくる気配もないのだ。

考えれば考えるほど、みじめな状況だ。

けれどもフレデリック様は、そんなことは全く気にしていない様子だった。

「あいつは本当に強くてさ。なにしろ五歳の頃からマーガレット様に容赦なく鍛えられていたから」

「あ、そのお話は聞きました。すごく厳しかった、って」

「そうそう。あれを見たら、僕は三男で良かったと心から思ったよ。だけどそのおかげで、アレクシスは騎士団でも指折りの剣士になったんだ。たった一人で巨大なトロルを一刀両断したことも…………」

急に、フレデリック様が口を押さえて黙りこんだ。

とても顔色が悪い。

「……フレデリック様、どうかされたのですか?」

心配になってそばへ行くと、彼は私を手で制し、弱々しくほほえんだ。

「ごめん、大丈夫だ。……とにかく、あいつは君にそれをもらったら、絶対に喜ぶよ」

「……はい」

フレデリック様はおやすみを言って自分の部屋へ行った。

突然、どうしたのかしら？

気がかりだったけれど、夜も更けたのにアレクシス様がまだ帰っていないことも気になる。

そして、どれだけ待ってもその日、アレクシス様は城に戻ってこなかった。

白い光を浴びて、もう朝だと気がついた。

結局昨夜は一睡もできなかった。

もしもアレクシス様に好きな女性がいたとしても、そして、アレクシス様が一晩中その女性の——たとえば「ロージー様」の——家にいたとしても、これは最初から「白い結婚」なのだから、私にそれを責める筋合いはない。

それに、コンラッド様に婚約を解消されたときに決めたはずだ。

もう二度と恋なんてしない、と。

——理性ではわかっているけれど、こんなに胸が苦しいのは、理性ではどうにもできない。

王都から一緒に旅をして、シアフィールドに着いてからもずっと親身になってくれたアレクシス様の優しさを、私はいつの間にか勘違いしてしまっていたようだ。

もしかしたら、ほんの少しは、私に好意を持ってくれているのかもしれない、と——

そんなはずがない。

私はつまらない「お針子令嬢」だ。

コンラッド様だって、最後には魅力的なミリアムを選んだ。

ましてあんなに素敵なアレクシス様が、私を好きになってくれるはずがないのだ。

これは「白い結婚」で、私は契約上の妻。

生活に困らず、好きなだけ刺繍ができるのだから、それは十分過ぎるほどありがたいことだ。

「……そうよ。変な勘違いをする前に、改めてそれを思い出せてよかったんだわ」

そう呟くと、私は起き上がり、顔を洗った。

ひどい顔だったけれど、鏡の前で無理矢理に笑顔を作る。

元気を出そう。

朝食を食べて、またジョンソンに城のことを教えてもらって、昨日マーガレット様にお約束した「M」の花文字入りハンカチを刺そう。

ハンカチは裁縫室にあった薄い藤色のものがいいわ。糸の色は何がいいかしら。マーガレット様が着ていたあのドレスのような青色もいいけれど、あの家の屋根のような明るい緑色もいいかもしれない。

刺繍のことを考えていたら少しだけ元気が出てきて、着替えをして朝食室へ向かった。


けれども朝食をとる前に、私はなぜか、険しい顔をしたアレクシス様に詰め寄られていた。

なぜ私は廊下の片隅で、アレクシス様と壁との間に挟まれているのかしら？

朝帰りをしたのは彼の方よね？

私は何も悪いことをしていないはずなのに……？

「サラ、これは一体どういうことなんだ？」

「え……あの、どういうこと、とおっしゃいますと……？」

壁を背にした私のすぐ目の前にアレクシス様が立っていて、どこにも逃げ場はない。

「氷の伯爵」の異名を取るだけあって、アレクシス様の冷え冷えとした表情には静かな迫力があった。

顔立ちがきれいな分、真顔で見つめられると怖い。

ときめきを上回るくらいに怖い。

さらに前髪が触れるほど近づいて、アレクシス様は私の顔を凝視した。

「……なぜそんなひどい顔色をしている？　やはり大伯母様に何か言われたのか？」

「へ？　……い、いえ、マーガレット様はとてもお優しくしてくださいましたけれど……？」

「では、なぜ？　どうして一目でわかるほど寝不足の顔をしている？　あのお茶会で何かあったのだろう!?」

「うぅっ……」

凡人の私に「氷の伯爵」の追及をかわすことなど、どだい不可能なことだった。

気がつけば、私は半泣きでこう尋ねていた。

「ロ……ロージー様とは、どなたなのですか……？」

彼は何でもないことのように、私に聞き返した。

「ロージー？　私の妹がどうかしたのか？」

「…………い……妹、さん、だったのですか……!?」

アレクシス様の整った顔が歪む。

「そうだが……まさか大伯母様は、あのあと君に何の説明もせず城へ帰した、ということか？」

マーガレット様からの説明は、何もなかった。

私はこくりとうなずいた。

片手で顔を覆ってうなだれたアレクシス様が、小声で呟いた。

「……やはりあの大伯母とは一度じっくり話をしなくては……私がさっさと説明するべきだったが、それにしても…………いや、待て。ということは、サラはロージーにやきもちを焼いて眠れなかったのか？　……参った。かわいい…………」

所々聞き取れなかったけれど、なんだかとても恥ずかしい結論を出されてしまったような気がする。

だけどとりあえず、ロージー様が彼の妹だとわかって、私は心の底からほっとした。

アレクシス様は、そんな私を目を細めて見つめている。

さっきの鬼気迫る勢いとは真逆の、優しく包み込むようなまなざしだ。

「ロージーのことを言わずにいてすまなかった……話せば長くなるんだ。ひとまず朝食をとって、それから少し眠るといい。話はその後にしよう」

「……はい。わかりました」

私は素直に彼の言葉に従った。

安心したら空腹を感じ、それに、とても眠くなってきたのだ。

一緒に朝食室へ行き、先に来ていたフレデリック様と三人で、軽い朝食をとった。

フレデリック様は、昨夜の顔色の悪さが嘘のように元気で、ほっとした。

われながら現金だけど、自分の心が軽くなったからか、改めて昨夜のフレデリック様の様子が気になってしまう。

アレクシス様がトロルを一刀両断にした、という話をしてから、急に具合が悪くなったようだったけれど、その場面を思い出して気持ち悪くなったのかしら？

確かに気分のいいイメージではないわよね……。

GAGAGA BUNKO
ガ報
GAHO
No.204
APRIL. 2024
ガガガ文庫
4月刊
絶賛発売中!!!
出会いの季節到来!
新作3タイトル登場!!!
わたくしとご一緒に、
悪いことしませんか?
定価858円(税込)
著者コメント
全身全霊をこめて300ページ以上にわたり下ネタを書き続けた結果、腰をやってしまいました!
あやしく微笑むシスター・ソフィアのキスで覚醒する少年シオンの最強の能力、それは『触手召喚』だった! そんなの絶対、嫌だ! 己の欲望を解放し、正教会の支配から世界をも解放するインモラル英雄ファンタジー!
シスターと触手
邪眼の聖女と不適切な魔女
著:川岸殴魚 イラスト:七原冬雪

大人気コミックを『夏トン』の八目 迷先生がノベライズ!!!

本編にない

八目 迷先生コメント

ノベライズのお話を頂いたときはめちゃくちゃ驚きつつも、フリーレンは読んでいるし内容も好きだったので、迷うことなく受けました。商業作では初のファンタジーで初のノベライズ。戦々恐々としながら書き出したものの、書いているうちにキャラに愛着が湧いて、存分に物語を詰め込むことができました。そんな愛のノベライズぜひ読んでください。アウラの短編がお気に入りです。

のフリーレン～前奏～］

作:山田鐘人　作画:アベツカサ

秘蔵イラスト美術館

貴重な未公開イラストを大公開しちゃうぞ!!!

［シスターと触手
邪眼の聖女と不適切な魔女］

イラスト／七原冬雪

初期段階のシスターのキャラデザ。黒髪清楚系からスタートして怪しい雰囲気を足していきました。

編集後記

- 春はガーデニングとメダ活が捗ります。(☆)
- 国道16号深夜のラーメンドライブの季節がおわりました(湯)
- 浅井ラボ先生にお借りしたまま5年。三国志のDVD(全95話)を観る時がきた。(濱)
- 洋ゲーとMODの深淵に挑み続ける日々です。(岩)
- ボルダリングを始めました。全身筋肉痛ぅ!!!(米)
- デコルテのマッサージが死ぬほど気持ち良かった。健康ランド、はまりそう。(べ)
- なんだか最近地味に干物を作っています。意外と自宅でもできておいしいよ、干物。(清)
- ライブ遠征のために福岡へ。美味しいものがたくさんあって幸せでした。(平)

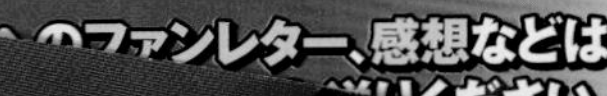

のファンレター、感想などは
ください。

定価1320円(税込)
お針子令嬢と氷の伯爵の白い結婚
岩上翠
サザメ漬け
著者コメント
刺繍を愛する令嬢と氷のように冷ややかな伯爵の、契約結婚から始まるじれじれラブストーリです!
無能なお針子令嬢サラと、
冷徹と噂の伯爵アレクシスが
交わした白い結婚。
偽りの関係は、二人に幸せと平穏をもたらし、
本物の愛へと変わる。
さらに、サラの刺繍に秘められた力が
周囲の人々の運命すら変えていき——。
[お針子令嬢と氷の伯爵の白い結婚]
著:岩上 翠 イラスト:サザメ漬け

ガガガブックスf
GAGAGA BOOKS f
契約結婚からはじまる、幸せな刺繍生活。

流血のシーンをありありと想像してしまった私は、せっかくの美味しいベーコンを咀嚼するのに苦労した。

なんとか食べ終わり、温かいお茶で、ほっと一息つく。

朝食のあと、アレクシス様は私の部屋まで送ってくれた。

まるで昨夜の不在を埋め合わせるかのように、彼はどこまでも優しかった。

「こちらへ来たばかりで疲れもたまっているのだろうから、ゆっくり休むといい。私も今日は城にいるから」

そう言って扉を閉めたアレクシス様の声が、ずっと耳に残っている。

またあとで彼に会えることが、とても嬉しかった。

妹のロージー様のお話も、早く聞きたい。

何か事情があるようだけど……。

段々とまぶたが重くなってきて、私はいつの間にか眠り込んでいた。

✧
✧
✧

目が覚めるとすっきりした気分だった。

まだお昼には早い時間で、私はクレアに手伝ってもらい、身なりを整えて階下に降りた。

アレクシス様は書斎にいた。扉はないので、廊下からも中の様子がよく見える。

彼は通いの秘書のダリルに書類を渡し、指示を出していた。

書類は束になって積み重なっており、すべて領地経営に関するもののようだった。

ダリルとやり取りする姿は真剣そのもので、仕事中のその凛々しい表情に、私は声をかけるのも忘れて見入ってしまった。

けれどアレクシス様は、私に気がつくと、ぱっと輝くような笑顔になった。

「サラ、起きたのか」

「っはい！」

「？　どうした？　顔が赤いようだが」

「な、なんでもないですっ！」

真剣な顔と笑顔のギャップにドキドキしてます、なんて言えるわけがないわ……！

仕事にも一区切りついたようで、アレクシス様は私を城の外へ連れ出した。

秋晴れの空とさわやかな日差しが気持ちいい。

きれいに整備された長い並木道を歩きながら、アレクシス様は、ロージー様の話を聞かせてくれた。

「サラ、私には年の離れた妹がいるんだ。名前はローズマリー・ミドルトン。十歳で……去年からずっと、病で臥せっている」

「まあ……」

まだ幼いのに、そんなに長い間寝込んでいるなんて。

それだけでも気の毒なのに、話にはまだ続きがあった。

「その病は、うつるものではないが、治る見込みもないんだ……私の両親も、その病を発症して亡くなった………せめて暖かい場所で過ごさせようと、去年からロージーは、城の近くの日当たりのいい別荘で療養している」

「……そうだったのですね……」

淡々とした口調だった。

けれど、アレクシス様がつらい思いをされているのは間違いない。

その証拠に、話しながら、握った拳が白くなっている。

悲しみをこらえているのだろう。

そんな彼に、私は言葉をかけることができなかった。

北の塔に大事に飾られた、先代の伯爵夫妻の肖像画が脳裏に蘇る。

愛する両親を亡くして間もないのに、今また、同じ病で妹を失いかけているのだ。

その無念さは、私には想像もできない。

「……今まで黙っていて悪かった」

「いいえ。気にする必要はありませんわ」

私はきっぱりと言った。

「それより、私もロージー様のお見舞いに行かせていただけませんか？　もしよろしければ、何かささやかな贈り物も差しあげたいです。ロージー様の好きな花や動物を教えてください」

アレクシス様は、見ている方が苦しくなるようなほほえみを浮かべた。

「……ありがとう、サラ」

アレクシス様にお見舞いの日取りをセッティングしてもらっている間に、フレデリック様は父親であるハワード公爵から「親族の食事会があるのですぐに戻ってこい」との手紙を受け取り、公領へ帰ることになった。

私がシアフィールドへ来た日から一緒だったから、フレデリック様が帰ってしまうのは寂しい。

それに、どうやら彼はこの城にいる間、毎日のようにロージー様のお見舞いに行っていたらしかった。

彼が頻繁(ひんぱん)にこの城を訪ねてくる理由も、今はたった二人の兄妹となってしまったアレクシス様とロージー様を心配してのことだったのだ。

そうジョンソンから聞くと、私はますますフレデリック様に好感を抱いた。

「アレクシスもサラも、そんなに寂しそうな顔をすることはないさ。またすぐに遊びに来るから」

玄関前のアプローチには、すでに、公爵家から迎えに来た立派な馬車が停まっている。

別れを惜しむ私たちに、フレデリック様はいつものように明るく言った。

「来なくていいし寂しくもない」

アレクシス様はいつものように冷たく言い放った。

「ははっ！　またお前はそんな強がりを言って……」

フレデリック様はアレクシス様の頭をなでようとしたが、ひょいとかわされてしまった。

「かわすな！」

怒られて、悪戯な少年のようにアレクシス様が笑った。

私はどきりとした。

あんな表情は初めて見た。

やはり、幼い頃から仲がいいフレデリック様には心を許しているのだろう。

アレクシス様は穏やかな口調で言った。

「お前が来ると、ずっと帰らないでほしいとロージーがごねるんだ。あまりあいつを甘やかさないでくれ」

「まったく、お前は寝ぼけたことを。あの子を甘やかさないで一体誰を甘やかすんだ？　それとな……」

呆れたように言うと、フレデリック様はアレクシス様の肩にがしっと腕を回した。

そして、私に背を向けて、こそこそと囁いた。

「いいかアレクシス、『白い結婚』をすると決めたなら、それを守り通せ。決してサラを悲しませるような真似はするなよ？」

「……言われなくてもわかっている」

「そうか。ならいい」

フレデリック様は笑いながら、仏頂面のアレクシス様の頭を今度こそぐりぐりとなでた。

私は真っ赤になってうつむき、心の中で叫んだ。

声が大きいですから！

全部聞こえてますから！

……でも、そんな風に気にかけてもらえるのは、やっぱり嬉しい。

アレクシス様も同じように感じているのだろう。

フレデリック様はきっと、頼れるお兄さんのような存在なのだ。

公爵家の馬車はフレデリック様を乗せると、軽快に車輪を回しながら城を後にした。

馬車が遠くの木立に入り、見えなくなるまで、私たちはずっと見送った。

ロージー様は数人の使用人とともに、城から歩いて十五分ほどの別荘で療養しているそうだ。

お見舞いの日が来ると、私は用意した贈り物を持って、アレクシス様と別荘へ向かった。

道沿いの畑で農作業をしていた近所の人たちがこちらに気づき、帽子を取って、親しげに声をかけてくる。

アレクシス様も気さくに応じている。

きっと、この道を通ってよくお見舞いに来ているから、もう顔なじみなのだろう。

アレクシス様は私のことを「妻のセラフィナだ」と領民たちに紹介してくれた。

皆も「ベンです」「バーナードっていいます」「アンナです」と、人懐(ひとなつ)っこい笑顔で次々に名前を教えてくれた。

「領主様、この採(と)れたてのレタス、ロージー様に持っていってください。シャキシャキで美味(おい)しいですよ」

「ありがとう、ベン。いただくよ」

手を振って彼らと別れ、のどかな道を歩き続ける。

アレクシス様が皆に慕われているのが、なんだか誇らしかった。

しばらく歩くと、色とりどりのバラが咲く瀟洒(しょうしゃ)な別荘にたどり着いた。

アレクシス様がノッカーを叩(たた)く。

侍女が扉を開けて、私たちを中へと招き入れた。

「ロージー、具合はどうだ？」

日当たりのいい、愛らしい花柄の壁紙の部屋。

その部屋の天蓋付きのベッドに、ロージー様は横たわっていた。

声をかけられ、彼女はゆっくりと体を起こした。

簡素な寝間着から、痛々しいほど細い手足がのぞく。

長い亜麻色の髪につぶらな茶色の瞳の、かわいらしい女の子だ。

ロージー様は、アレクシス様と私を交互に見た。

「まあ……お兄さま、その方がサラお姉さまですか？」

青白い頬を紅潮させ、興奮気味にそう尋ねる。

「ああ、そうだよ」

優しく答えると、アレクシス様は私に彼女を紹介した。

「サラ、私の妹のローズマリーだ。皆、ロージーと呼んでいる」

「こんにちは、ロージー様。サラと申します。どうぞよろしくお願いします」

「まああっ！　なんて洗練された物腰なんでしょう！　やはり王都出身の淑女は気品が違いますわっ！」

ロージー様は両手を組み、キラキラした瞳で私を見た。

確かに私は王都出身ではあるけれど……淑女、と言われると、ちょっと気恥ずかしい。

「そ、それほどでも……」

「わたくし、何度もお兄さまにお願いしましたのよ？　サラお姉さまをここへ連れてきてくださいまし、と！　それなのにお兄さまはまだダメだの一点張りで……げほっ、げほっ」

「ロージー、少し落ち着け」

アレクシス様は慣れた手つきでロージー様を寝かしつけ、薄布をかけてあげた。

ロージー様は不安げにこちらを見ている。

咳（せき）のせいで私たちが帰ってしまわないか心配なのだろう。

まだあどけない子どもなのに、病（やまい）で臥（ふ）せっている彼女が気の毒だった。

私はベッドの横にかがみ、ロージー様に笑いかけた。

「ロージー様、お近づきのしるしに、贈り物を持ってきたのです。受け取っていただけますか？」

「まあ！　ありがとうございます。何でしょう？」

持ってきた包みを開いて、小鳥の刺繍（ししゅう）の入った枕カバー（ピローケース）を取り出す。

ロージー様は目を輝かせた。

「まあっ、なんてかわいらしいのでしょう！　……もしかして、これはサラお姉さまが刺繍したのですか？」

「はい」

「す、すごいですわ！　淑女のたしなみである刺繍を、こんなにお上手にできるなんて！」

ロージー様は再び、がばっと跳ね起きた。

アレクシス様が険しい表情で何かを言いかける。

でもその前に、ロージー様が私の手をぎゅっと握って言った。

「サラお姉さま、お願いです。わたくしにも刺繍を教えてくださいませんか？」

私は思わずアレクシス様の顔色をうかがった。

渋面を浮かべている。

ダメ、ということだろう。

「そ、そうですね……もう少しお加減が良くなったら、ぜひ教えて差し上げますね」

「ええーっ！」

「……ロージー、サラを困らせるようなら……」

「わ、わかりましたわ」

慌てて引き下がり、しょんぼりとピロケースの小鳥を指でなぞっているロージー様を見ていると、胸が痛くなった。

「……ロージー様、お加減が良くなったら、刺繍をするだけじゃなく、一緒にシアフィールドの山にも登りませんか？　私はずっと王都にいたので、登山をしたことがないのです」

「えっ、そうなのですか？　わたくし、五歳のときにお兄さまと頂上まで登りましたわ！」

「まあ、本当ですか？　それはすごいですね！」

「……最後の三分の一ほどは、私が背負って登ったが」

「お、お兄さま、そんな些細なことはどうでもいいですわ！　……ともかく、サラお姉さまが山登りをするときは、わたくしがご案内してさしあげますわね！」

そう言って張り切る彼女がかわいくて、私はほほえんだ。

「はい、ありがとうございます、ロージー様。とても楽しみです」

「サラお姉さまったら。もう家族なのですから、わたくしにそんな他人行儀な口調はおよしになって？」

「まあ……それでは、ロージーと呼んでも良いかしら？　でもロージーだって、私にずいぶんと他人行儀よね？」

「わっ、わたくしは淑女の修行をしているので、これでいいのです！」

それからも三人で楽しくお喋りをしていたけれど、ロージーがまた咳き込んでしまったので、お暇することになった。

その前に、私にはぜひやっておきたいことがあった。

「ロージー、すぐに済むから、採寸をさせてくれる？」

「さいすん……？」

「体の長さを測るのよ」

私はメジャーをポケットから取り出し、手早くロージーの採寸をしてメモを取った。

「これでよし。次は、かわいい部屋着を縫ってくるわね」

「まあっ！　サラお姉さまは、お洋服も作れるのですか？」

「ええ、簡単なものなら。何色がいいかしら？」

ロージーは真剣に悩みだした。

「ええと、ううん……ピンクもいいけど水色もいいし……」

「それじゃあ、洗い替え用に一着ずつ作るわね」

「わあ、いいのですか？　ありがとうございます、サラお姉さま！」


「ロージーは君をとても気に入ったようだな」

別荘からの帰り道、アレクシス様が私に言った。

「私もロージーと仲良くなれて嬉しいです。とても明るくてかわいい子ですね」

「……そうだな。去年までは使用人の子どもたちと一緒に、元気に城の庭を走り回っていたんだが……」

痩せてげっそりとこけたロージーの頰を思い出す。

今の彼女に、とても庭を走る体力はなさそうだった。

「……アレクシス様、病気を治す方法はないのですか？」

「残念だが……医者を何人連れてきても、どうにもならないんだ……だが、君が来てくれて、妹もとても喜んでいると思う」

半ばあきらめたような彼の言葉が、胸に突き刺さった。

どうしてまだ幼いロージーが、病気で苦しまないといけないのだろう。

刺繍（ししゅう）も教えてあげたいし、一緒に登山もしたい。

……けれどこのままでは、おそらく、どちらも叶（かな）えることはできない……。

私にできることなんて、刺繍ぐらいしかない。

それでも、ほんの少しでも、ロージーを喜ばせてあげたかった。

城に帰ると私はすぐに裁縫室に向かった。

布と糸の在庫を点検し、ジョンソンを呼んで発注を頼む。

翌日には商品が届いた。

私はロージーのために無我夢中で裁断し、縫い、ローズマリーの図案を丁寧に刺して、色違いの部屋着を仕立て上げていった。

三日後、私たちは再びロージーのもとを訪れた。

ロージーは私の作った部屋着をとても気に入ってくれた。

「見てくださいまし、お兄さま！　肩にこんなにフリルがついていますわっ！」

さっそく水色の部屋着に着替えたロージーが、ベッドから降りて、くるりとターンをする。

だけど、バランスを崩してよろめいてしまった。

すかさずアレクシス様が抱き止める。

「ロージー、無茶をするな」

「ごめんなさい……でも、とっても嬉しいんですもの……」

しゅんとしてベッドに戻りながらも、すぐに裾のローズマリーの刺繍をなでてにこにこするロージーを見ると、私まで嬉しくなる。

この間あげた小鳥のピロケースも、気に入って使ってくれているようでよかった。

「よく似合っているわ、ロージー」

「ありがとうございます、サラお姉さま！」

そう言って顔をほころばせるロージーは、気のせいか、先日よりも体調が良くなっているように見えた。

新しく家族になった妹が、私の刺繍をこんなにも喜んでくれている。

その姿を見ると心がほっこりと温かくなった。

思えば、こんなに誰かに喜ばれたことなんて、これまでの人生で一度もなかった。

ロージーのために、私にできることは精一杯やってあげよう。

私は改めてそう決意した。

第五章　サッシュとドレス

お見舞いから帰ると、アレクシス様は「話がある」と言い、私を彼の部屋へ連れていった。

普段、私がアレクシス様の部屋に入ることはないので、なんだか少し緊張する。

広い部屋の中で向かい合った椅子(いす)に座ると、彼が切り出した。

「シアフィールドと王都の境の森林地帯に魔物が出没し、付近の住民を襲っているらしく、騎士団への出撃命令が出た。私は討伐隊を編成して、すぐに向かわなければならない。この城に来たばかりの君を一人にさせてしまい、申し訳ないが……」

「いいえ、アレクシス様。私なら大丈夫です。ジョンソンに色々と教えてもらいましたし……それよりも、どうか気をつけて行ってきてください」

本当は心細かったけれど、危険な戦場に向かうアレクシス様の方がずっと大変だし心配だから、私は笑顔で言った。

アレクシス様がじっと私を見つめる。

うっ……最近慣れてきたとはいえ、氷像のように麗しいその顔をまっすぐに向けられると、やっぱり落ち着かない。頬(ほお)に血が昇り、心臓が高鳴ってしまう。

それにここは彼の私室で、今は二人きりだ。

変に意識しはじめてしまうと、もう耐えられなかった。

私は思い切り目をそらしてしまった。

「ロ、ロージーのお見舞いにも、毎日行きますね！　体調が良さそうなときには、少しだけ別荘の中を一緒に歩いてみようかと……」

「……そうか。ありがとう、サラ」

「は、はい、いえ、そんな……」

「サラ」

アレクシス様が身を乗り出して、私の顔をのぞき込んだ。

あまりに距離が近くて、心臓が口から飛び出しそうになる。

「今回は大規模な戦いになりそうなんだ。シルバーウルフの群れに交じって、オーガの姿も数体確認されている。フレデリックたちハワード家の者も討伐隊を率いて参加するし、王都からも複数の騎士団が派遣される……そして、その騎士団の一つに、デクスター子爵令息も加わっている」

「え……？」

デクスター子爵令息。

コンラッド様のことだ。

意外な名前に、私は思わず目を見開いた。

アレクシス様は表情を変えず、そんな私を見つめている。

「君の元婚約者だ。今は……義理の弟だったか」

「……はい」

「彼の部隊は後方に配置されるようだから、危険は少ないと思う。それに、確か彼は戦場でもかすり傷一つ負わないために『奇跡の騎士』と呼ばれているのだったな？　……だから……あまり心配しなくていい」

……心配？

アレクシス様は、私がコンラッド様の心配をしていると思っているのだろうか。

そう言われるまでちっともコンラッド様の心配をしていなかった自分の薄情さに、自分で驚いた。

少し前までは、コンラッド様が戦場へ向かうときは、心配でご飯もろくに喉を通らないほどだったのに……。

今は、他にもっと心配している相手がいる。

その相手——アレクシス様は、普段はあまり感情を見せない人なのに、今日は一目でわかるほど物憂げな顔をしている。

私は慌てて言った。

「コンラッド様なら、きっと大丈夫です。ミリアムからたっぷりと《魔力譲渡》してもらえますから……ですが、私が魔力がないばかりに、アレクシス様に魔力をお渡しすることができなくて……本当に、申し訳ありません……」

こんな大事なときに、彼の役に立つことができないことが、何よりつらかった。

シルバーウルフは手練れの騎士なら一対一で倒せる魔物だけど、群れとなると途端に手強い相手になると聞く。さらに、オーガは人よりも頭一つ大きく力も強い魔物で、知能も高く、残忍だ。

そのオーガが複数いて、シルバーウルフと行動を共にしているというのだ。必然的にこちらも大人数の騎士団で立ち向かわねばならず、厳しい戦闘になるのは間違いなかった。

もちろんフレデリック様もコンラッド様も心配だけれど、私のせいでアレクシス様に何かあったらと思うだけで、胸が潰れそうだ。

いたたまれない気持ちでいると、アレクシス様の顔から憂鬱そうな色が消え、代わりに彼は、ふわりと頬をゆるめた。

「そんなことを気にする必要はないよ。……だが、しばらく君と離れることになるから、戦場でも君を思い出せる物が欲しいな」

「え？」

アレクシス様が、どこか甘えるように言った。

たちまち私の全身が、ぼっと熱くなる。

まるで、恋人か夫婦のようなリクエストをされたからだ。

実際に夫婦ではあるのだけれど……それはあくまで契約上のことであり、精神的な繋(つな)がりは不必要であるはずだった。

だけど――

「……あの……実は、アレクシス様のためにと、サッシュを作ったのですが……」

「私に?」

「は、はい……もしも、ご迷惑でなければ……」

以前、作りかけのときにフレデリック様に見せたものが、そのサッシュだった。

フレデリック様が「あいつは絶対に喜ぶよ」と励ましてくれたこともあり、つい、ぽろりと口にしてしまったけれど……。

恥ずかしさに頬(ほお)がほてる。

ああ、やっぱり言わなければよかったかしら。

コンラッド様に突き返された青いスカーフの記憶がフラッシュバックする。

スカーフすら着けてもらえなかったのに、サッシュなんて、あまりにも差し出がましかったかもしれない。

「白い結婚」なのに、こんなの、重すぎると思われるかも……。

けれど。

「当然、毎日身につけるよ。ありがとう、サラ」

アレクシス様は満面の笑みを浮かべてそう言った。

サッシュは、この国の騎士が腰に巻く、装飾的な帯だ。

色や形態は自由。戦いの無事を祈って、恋人や婚約者が相手の家紋を入れて騎士に贈る場合が多い。

ミドルトン家の紋章は、銀地に四つの百合だ。

アレクシス様の美しい黒髪に合わせた黒い布に、銀青色の糸で一針一針に想いを込めて刺繍したサッシュは、われながら見事な出来栄えだった。

続き部屋になっている自室から取ってきたそれを、おずおずと彼に渡す。

アレクシス様は感嘆の声をあげて、すぐに腰に巻いてくれた。

今は鎧は身につけておらず、普段着姿だけれど、鍛えた体の線はその上からでもわかる。

紋章入りの黒いサッシュを形のいい腰に締めたアレクシス様は、思わず目が吸い寄せられるような色気を放っていた。

「似合うかな？」

「ものすごくお似合いです……！」

力強く言う私に、アレクシス様は満足そうにうなずいた。

「ありがとう。魔物などすぐに倒して帰ってくるよ」

「はい。ご武運をお祈りしています」

アレクシス様は、どこか物思わしげに私を見つめた。

そして、膝をつき、私の手を取り。


その手に口づけを落とした。


顔を上げたアレクシス様の目元が、ほんのりと赤い。

「行ってくる」

「…………はい……行ってらっしゃいませ…………」

どうにかそれだけ口にすると、彼はうなずき、部屋を出て行った。

その後ろ姿が、目に焼き付いたまま離れない。

(どうしよう……二度と恋などしないと決めたのに……)

心臓が激しく高鳴り、痛いくらいだった。

さっき口づけをされた手に、まだ、感触が残っている。

(…………私、アレクシス様に恋をしてしまったわ…………)

早く私も一階に下りて、城の使用人たちと共に、アレクシス様の出立の準備のお手伝いと、

お見送りをしないといけない。

けれど、私はしばらくの間ぴくりとも動くことができず、彼が出て行った部屋の扉を見つめていた。

✧✧✧

アレクシス様が出征してから、早くも三週間が経とうとしていた。

その間、私は侍女のクレアを連れて、毎日ロージーのお見舞いに行った。

あの病気は治ることはない、とアレクシス様は言っていたけれど、ロージーは日に日に元気になっているように見えた。

「サラお姉さまのおかげです！　サラお姉さまが刺繡をした小物は魔除けになる、それを持っているとケガや病気をしないと、領民のあいだで今、大変な評判になってますのよ！」

ベッドではなく椅子に座り、寝間着ではなく私の作ったゆったりとした綿のドレスを着たロージーが興奮気味に言った。

ちなみにそのドレスの裾にも、ぐるりと四つ葉の刺繡が施してある。

それを見ると、私は嬉しいような困ったような、複雑な思いにかられた。

ロージーが回復してきたことは、本当にとても嬉しい。

……でも、そのこととは別に、私には不安要素があった。

三週間前、アレクシス様が私の手に口づけをしてからというもの、困ったことに、私は気がつけば彼のことばかり考えるようになってしまっていた。

今頃はどのあたりにいるのかしら、「氷の伯爵」なんて呼ばれているけれど部隊の人たちとは仲良くできているのかしら、まだシルバーウルフやオーガには遭遇してないかしら、危険な目には遭ってないかしら……と。

あまりにもいつも上の空なので、ジョンソンやクレアにも心配される始末だった。

これではいけないと、アレクシス様のいない寂しさを紛らわすため、手の空いた時間はひたすら刺繍をすることにした。

そうしていつの間にか、ハンカチやクッションや巾着やタペストリーといったこまごました物が、山のように積み上がってしまっていた。

その置き場に困り、マーガレット様に相談したら、あっさり言われた。

「慈善バザーに出せばいいじゃない」と。

すぐに彼女はてきぱきと担当者に話をつけて、売り場を確保してくださった。

そしたらバザーで私の作品を買ってくれた領民たちのあいだに、どういうわけか「魔除けの効果がある」などという評判が広まってしまったらしい。

魔力のない私に、魔除けの力なんてあるわけがないのだけれど。

なんにせよ、昔の二の舞になるわけにはいかない。

「お針子令嬢」なんて呼ばれはじめたのは、あのときも慈善バザーがきっかけだったのだ。

もしシアフィールドでも「お針子夫人」などと呼ばれてしまったら？

不安要素というのはこれだった。

まがりなりにも今は伯爵夫人なのに、もしそんなことになったら、恥ずかしくてアレクシス様に申し訳が立たない……。


そうした事情があって、ロージーに尊敬の目で見つめられた私は、慌てて否定した。

「そ、そんな大層なものではないわ。私に魔力はないし……でも、ロージーが起きられるようになって、本当によかったわ」

「はい、なんだか最近とっても調子がいいんです。もしかしたらもう、病気が治ってしまったのかもしれませんわ」

確かに、初めて会ったときにはげっそりとこけていたロージーの頬にはやわらかさが戻り、顔色も良くなっているように見えた。

だけどまだ手足は鳥のように細く、はしゃぎ過ぎると咳き込んでしまう。

私は眉を下げて笑った。

「まだ無理をしては駄目よ、ロージー。体が弱っているのだから、少しずつ回復していかないと。まずは、健康にいい食事をしっかりとりましょうね」

「むー……わかりましたわ、サラお姉さま」

元々食が細く、病気になってからは、よけいにまともな食事をとれなくなっていたロージーだったけれど、ベッドから起き上がれるようになってからは、がんばって野菜や肉を食べるようになった。

近所で農家を営んでいるベンやバーナードたちが、よくロージーのためにと新鮮な野菜を差し入れてくれることもあり、この別荘の料理はとても美味しい。アレクシス様が魔物討伐で留守中のため、私もたまにここで、ロージーと共に昼食や夕食をいただいているのだ。

淑女を目指すロージーは上品に少しずつ、目の前の食事を口に運んでゆき、もぐもぐと一生懸命に食べている。

そして彼女はフォークを置いた。

「…………完食しましたわ、サラお姉さま！」

「まあ、えらいわロージー！」

ロージーと私は、ひしと抱き合い、喜び合った。

あんなに華奢だったロージーの腕が、今は力強く感じる。

この調子なら本当に病気が治るかもしれないと、私は期待に胸をふくらませた。

城に戻ると、ジョンソンがにこにこして出迎えてくれた。

「おかえりなさいませ、奥様」

「ただいま、ジョンソン。そんなに嬉しそうな顔をして、何かいいことでもあったの？」

つられて笑顔になってそう尋ねると、彼は私のコートを受け取りながら、自分の黒ネクタイを指さした。

親切にこの城のことを教えてもらったお礼にと、私が作ってプレゼントしたネクタイだ。

執事のネクタイは華美でないものが好まれるけれど、仕事熱心なジョンソンには、主家であるミドルトン家の紋章の四つの百合を、黒い生地に暗めの銀糸で刺繍して贈ったのだ。彼はとても喜んでくれた。

「ええ。先日、奥様からいただいたこのネクタイを身に着けるようになってからというもの、不思議と肩こりが軽くなりまして……やはりあの噂通り、奥様の刺繍には魔除けの力があるのでしょうね」

「まあ、あなたまで……そんな力があるはずないのに。だって、私はちっとも魔力を持っていないんだもの」

「そうでしょうか？　どうも私には、そのようには思えないのですが……」

納得していない顔のジョンソンに、クレアまで加勢した。

「奥様の刺繍は飛び抜けて美しいですから、特別な魔力が宿っていたとしても少しも不思議ではありませんわ」

「もう、クレアまでそんなことを言って。きっと気のせいよ」

私は笑って受け流した。

ジョンソンはアレクシス様の忠実な執事だ。だから、アレクシス様の妻である私にも、いつも敬愛の念を持って接してくれる。その贔屓目が高じて、そんな風に感じるのだろう。

いつもはしっかり者のクレアも、私付きの侍女という仕事柄か、私に関しては評価が甘くなりがちだった。刺繍をほめてくれるのは嬉しいけれど、額面通りに受け取らない方がいいだろう。悲しいけれど実際、私に魔力はないのだし。

ジョンソンはあきらめて話題を変えた。

「さようでございますか。ですが、領民のあいだで奥様の作品がかなりの人気であることは間違いありません。早くも、次の慈善バザーでの出品を狙っている者が数多くいるそうです。おそらく争奪戦になるでしょうね」

「まあ……本当に？　それなら、もっともっとたくさん出品しないといけないわね」

「い、いえ、それは……奥様には、少しはお休みしていただかなければ。旦那様が出征されてから、ずっと働きづめではありませんか」

　ジョンソンが慌てて釘を刺す。

「平気よ。刺繍をしていた方が気が紛れるし」

「ですが、もし奥様がお体を壊されたら、私たちが旦那様に叱られてしまいます」

「まあ、ジョンソンったら冗談ばっかり。あのお優しいアレクシス様が、私のことなんかであなたたちを叱るわけないじゃない。とにかく、私なら大丈夫よ」

　ジョンソンとクレアにほほえみかけ、私は裁縫室へ向かった。

　後ろから、「……叱られる程度で済めばいいけどな……」「ええ……」という二人のひそひそ話が聞こえたような気がした。


　また別の日のこと。

　マーガレット様の家を訪ねると、何かの作業をしていたらしい彼女が、慌てて厨房から顔を見せた。

「あら、早かったわねえ、サラ！　ちょっと待っててちょうだい、今、手が離せなくて……」

「何かお手伝いしましょうか？」

「結構よ！　そこで待っていてちょうだい！」

　言いつけ通り玄関ポーチで待っていると、厨房で「ボン！」と爆発音がした。

同時にもくもくと黒煙が立ちこめる。

「マ、マーガレット様？　大丈夫ですか!?」

「エルシー、この馬鹿娘！　火薬の分量を間違えたわねっ!?」

「ごめんなさいっ、奥様……！」

私の声が聞こえなかったのか、奥から、なにやらとんでもない単語が聞こえてきた。

か、火薬……？

屋根の上でカラスが「カァー」と鳴いた。

何も聞かなかったふりをしてそのまま待っていると、疲れた顔をしたマーガレット様が出迎えに来てくれた。

今日もばっちりお化粧をしているけれど、頬(ほお)には黒い煤(すす)のあとがついている。

「待たせてしまったわね。さあどうぞ、中に入って」

「は、はい……」

前に、お鍋(なべ)でコトコト煮るのが好きだと言っていたけれど、さっきも何かをコトコト煮ていたのかしら？　怖くて聞けないけど……。

居間のソファに座り、慈善バザーへの出品を手伝ってもらったお礼を言うと、マーガレット様はにんまりと笑った。

「あなたの小物たち、だいぶ人気が出てきたみたいね？　まあ当然でしょうけれど」

「そ、そうでしょうか？　ごく普通の小物だと思うのですが……」

「おほほ。教会の婦人会の会長が、次もよろしくお願いしますとわたくしに頼みに来たわ。あの高慢ちきなばあさんに恩を売れて……いえ、地域の役に立てて何よりね？」

今、色々と問題発言をしていたような……いや、空耳だろう。

それからマーガレット様に相談をした。

ロージーのために新しく外出用のドレスを作ろうと思っているのだけれど、どんなデザインがいいか迷っていたからだ。

ロージーは私の作ったドレスをことのほか喜んで、毎日着てくれる。

なんでも、ミドルトン家御用達の仕立屋が作る重厚で伝統的なデザインのドレスより、私の作るシンプルなドレスの方が好きらしい。

それに、魔除けの効果があると本気で信じているようだった。

「サラお姉さまのドレスを着ていると、病気がどんどん良くなるのです」

と笑顔で言うので、私も嬉しくなってせっせと新しいドレスを作り続けているのだ。

外出用のドレスも作るつもりだと話したら、「そんなにいただいたら悪いですわ」と遠慮していた。

けれど、去年から寝込んでいたロージーは、今の彼女の背丈に合うきちんとしたドレスを一枚も持っていない。

私が今までにあげたものは、ベッドでもそのまま楽に寝られるようなゆったりとしたドレスばかりだったから、今度はちょっとしたお出かけにも着て行けるような、きれいめのドレスにしたかった。

そう、ロージーはもう、少しの外出なら可能なほどに回復してきているのだ。

だから伯爵家の令嬢にふさわしいドレスを仕立てたいのだけれど、プロのお針子でもない私が変なものを作って、せっかく外出したロージーが笑われてしまうような事態だけは避けたい。

そのため、今日はシアフィールドのことなら何でも知っているマーガレット様に、アドバイスをいただきに来たのだった。

「……そうね、ロージーのドレスには……月と星の刺繍が良いのではないかしら」

「月と星……？　それは斬新ですね。でも、かわいらしいロージーにはよく似合いそうです」

ふむふむとメモを取る私に、マーガレット様がさらなるアドバイスをくれる。

「水晶のネックレスもつけたらどうかしら？　あの子の肌は透明感があるから、似合うと思うのだけど」

「素敵ですね！　では月と星の刺繍と水晶が引き立つように、ドレスは紺色のものがいいかしら」

「そうね、それが良いでしょう」

おごそかに答えるマーガレット様を見ていると、自信とやる気が湧いてきた。

ドレスのイメージも、むくむくと湧き上がってくる。

「ありがとうございます、マーガレット様！　それではさっそく取りかかりますので、今日はこれで失礼いたします」

「あら、もう？　まあいいわ。それではごきげんよう」

「ごきげんよう」

意気揚々とマーガレット様の家を出る。

途中、厨房から、プーンと焦げたような臭いが漂ってきた。

城に戻るなり、私はロージーのドレス作りに没頭した。

外出用のドレスを縫うのは初めてだったから、絹の生地も縫い糸も慎重にカタログで選んで王都から取り寄せ、子どもサイズの水晶のネックレスも同時に注文した。

そのあいだに型紙を作り、刺繡の図案もスケッチした。

もちろんロージーのためでもあったけれど、もう一つ。

アレクシス様が帰ってきたときに、ロージーが外出できるまでに回復した姿を見せることができたら——

二人とも、どんなに喜ぶことだろう。

それが楽しみで仕方がなかった。

ロージーにもそう話すとはしゃいで、「ではお兄さまには内緒にして、びっくりさせましょう！」ということになったので、ますます楽しみになった。

✧✧✧

そんなある日の昼下がり。

心待ちにしていた布商人の荷馬車が、ガラガラと音を立てて城へやって来た。

王都への注文だったのでさすがに日数がかかっていたけれど、ロージーのドレスの材料がようやく届いたのだ。私は待ち切れずに階下へ降りた。

けれど、通用口へ続く廊下に使用人の姿はなく、商品の包みも見当たらない。

もう誰かが裁縫室へ運んでくれたのかしら？

そう思ったけれど、通用口の扉が開いているのが目に入り、外から、人の話し声が聞こえてきた。

商人がまだ外にいるのかもしれない。

手間暇（てまひま）をかけて遠い王都から材料を調達してくれたお礼を一言伝えようと、扉の外に顔を出したら。

怖い顔をした城の従僕が、仁王立ち（におうだ）をしていて。

その正面で、商人らしき若い青年が、地面に尻もちをついている。

商人の青年は、目が覚めるようなきれいな顔立ちをしていた。

光に透けるようなプラチナブロンドに、どこか相手を挑発するような、美しい紫色の瞳。

けれど、見えているのは左目だけで、右目は長い前髪に隠されている。

そして服には、蹴られでもしたのか、いくつもの靴の跡。

「さっさと帰れ！」

さらに追い打ちをかけるように。

従僕が、商人の青年にバケツの水をばしゃっとかけた。

あれは間違いなく、きれいな水じゃないだろう。

「なっ……何をしているの!?」

私は思わず声を上げてしまった。

二人の目がこちらを向く。

従僕が気まずそうにバケツを後ろに隠した。

「お、奥様……これは、その……」

「……あんたがここの奥様？　それなら話が早い」

商人はずぶ濡れのまま、私を見上げてそう言った。

まるで表玄関から訪ねてきた青年貴族のように、堂々とした態度で。

「おい、黙れっ！　奥様、こいつの話を聞く必要はありません。どうか城の中へ……」

「勝手に決めるなよ」

彼は従僕に言い、ぽたぽたと水を垂らしながら立ち上がった。

そして、ためらいがちに近づいた私に、どきっとするような流し目を向けた。

「なあ、あんた、俺をこの城の北の塔へ連れてってくれない？　俺、昔からあの塔に登るのが夢だったんだ」

わあ……まさに水も滴るいい男だわ……って、それどころじゃない。

近くで見ると、彼は思っていたよりもずっと若かった。私より一つか二つ下かもしれない。

きっと、いつもの布商人の代理で注文の品を届けてくれたのだろうけれど……うちの従僕と何があったのかしら。さすがに北の塔へ登りたいと言ったぐらいで、この扱いはない。

ざあっと強い北風が吹いて、薄着の私はぶるりと震えた。

頭から水を浴びせられた彼はもっと寒いだろう。

私は肩にかけていたショールを外すと、軽くたたんでその商人に渡した。

「とにかく、体を拭かないと風邪をひくわ。これを使って」

彼は左目をぱちくりさせた。

従僕が慌てて割って入る。

「奥様、こんなやつに温情をかける必要はありません！　この男は商品を届けに来たときに、あろうことか、クレアに色目を使って北の塔へ連れ込もうとしたのです！　もちろんクレアはきっぱり断りましたが……」

「……そういうことだったの」

美人だがガードの固いクレアが、商人をすげなく袖にする様子がありありと想像できた。

そして、この従僕がクレアに好意を持っていることと、だが見込みはなさそうだということは、公然の秘密だ。

クレアにちょっかいを出されて怒る気持ちもわかるけど、足蹴にしてバケツの水をかけるなんて、いくらなんでもやりすぎだ。これでは町でアレクシス様に対する悪評が立ってしまう。城の使用人の態度は、かれらの雇用主である伯爵の評価に直結するのだ。

私は従僕に向き直った。

「出入りの商人に乱暴をすることは許しません。旦那様の名誉のためにも、今後はこうした行動は慎んでください」

「……申し訳ございませんでした………」

伯爵夫人として、なるべく威厳を持って振る舞おうとしたことが功を奏したのか、従僕は素直に謝った。

私は内心ほっとしていた。私よりもずっと年上の、出入りの商人に暴力をふるうような従僕のことが、本当は怖かったのだ。

だけど、それだけじゃ足りない。

私は残りの勇気をかき集めて、さらに迫った。

「彼にもよ」

「……奥様、」

不服そうな従僕を、しっかりと見据える。

ああ、どうか、アレクシス様の十分の一でもいいから、迫力を出せていますように……。

従僕は顔をゆがめながら、商人を見て、吐き捨てた。

「……悪かったな」

そして足音も荒く、城の中へ戻って行った。

商人と二人きりになった私は、小さく息を吐いた。

彼は、夕暮れと夜が溶けあったような紫色の瞳を私に向け、当然のように言った。

「それじゃ、北の塔へ行こうぜ」

「……ごめんなさい。それはできないの。禁止されているのよ」

北の塔は、以前私が無断で入ってしまい、アレクシス様に連れ戻された場所だ。

あそこに行ってはいけない、とはっきり禁じられている。

ましてアレクシス様も不在の今、出入りの商人を連れて入れるわけがない。

きっとこの青年は高いところが好きなんだろう。あの塔からの眺望(ちょうぼう)は格別だし、登りたいという夢もできれば叶えてあげたいけれど……無理なものは無理だ。

彼はぐっと眉間にしわを寄せて、不機嫌そうな顔をした。

何か文句を言われるかと思って身構える。

けれど彼は予想外の行動を取った。

使わなかったショールを、そのまま私に返したのだ。

そして、犬のようにぶるっと頭を振って、水を払った。

真正面にいる私にも水滴が飛ぶ。

あのバケツの……いや、考えない方がいいだろう。

さて、という風に片手を腰に当て、彼は、近所の子どもにでも話しかけるように私に言った。

「今は伯爵もいないし、本当はどんな手を使ってでも塔に入ろうと思ってたんだが……仕方ないな。俺は、受けた恩はきっちり返す主義なんだ。今日のところは大人しく帰ってやるよ」

「……ええと……」

完全に上から目線だ。

なぜこんなに堂々としているんだろう。その自信をちょっと分けてほしいくらいだ。

この人は、出入りの商人……なのよね？

彼はそのまま帰りかけて、思い出したように私を振り向いた。

「あんたさ……気の弱そうなお嬢さんに見えて、意外としっかり伯爵夫人やってるんだな」

「……………………ありが、とう？」

「どういたしまして。また来る」

ふたたび背を向けると、彼はさっさと帰って行った。

一人でその場に残された私は、あの自由過ぎる商人の言動をどう捉えればいいのか、はかりかねていた。

とりあえず、彼が北の塔に登ろうとしていたことは間違いない。

彼は本当に、ただ塔に登るのが夢だったのかしら？

それとも、そんなことは真っ赤な嘘で、宝物でもあると思って押し入ろうとしていた？

だけど、あそこには宝物なんて何もない。

あるのは先代の伯爵夫妻の肖像画だけだ。

悶々としていたら、ふと、注文した品物のことを思い出した。

商品はもう届いているのだ。

奇妙な商人のことはひとまず置いて、私は急いで裁縫室へ向かった。

裁縫室の机の上には、クレアが運んでくれたのだろう商品の包みがあった。

わくわくしながら包みを開くと、届けられた布も糸もネックレスも、ため息が出るような最上級の品質だった。

これなら、ロージーにぴったりの素敵なドレスが作れる。

それから私は、昼夜も忘れてドレスを縫いはじめた。

柔らかな紺色の絹地を裁断し、縫い合わせ、パフスリーブで裾の広がった上品なドレスをまず仕立てる。

そして最後に、金糸と銀糸で、裾全体に月と星々を散りばめていく。

刺繍をしながら、思わずクスッと笑みが漏れた。

このドレスはまるで満天の星のようだわ。

これを着て水晶のネックレスをつけたら、ロージーはきっと、ほうきに乗って夜会へ出かける、かわいい魔女のように見えるわね。

数日かけて、ようやく渾身のドレスが出来上がって。

それと同時に、アレクシス様がおよそ一か月ぶりに、戦場から帰ってきた。

✧✧✧

「お帰りなさいませ、アレクシス様！」

帰還の知らせを聞いて急いで玄関ホールへ行くと、そこには帰ってきたばかりのアレクシス様がいた。

オーバーコートの前が開いていて、腰に巻いた黒いサッシュがのぞいている。

心臓がどきんと跳ねた。

本当に、身に着けていてくださったんだ。

玄関ホールには、戦場から持ち帰った旅行鞄がいくつも積まれていた。

汚れや傷のついた武具が無造作に置かれているのを見て、ああ、彼は危険な戦いに行っていたのだと、改めて実感する。

使用人たちに荷解きの指示をしていたアレクシス様は、私を見ると、口元を緩めた。

「ただいま、サラ」

久しぶりに会ったアレクシス様は、前よりも日に焼けたようだけれど、とても元気そうだった。

そして、目眩がするほど美しかった。

戦場で凄みが増したのか、切れ長の黒い瞳を向けられただけで、鼓動が速まり息もできなくなる。

自分はこんなにも素敵な男性の妻だったのかと、今さらながら愕然とした。

毎日すごく会いたかったのに、いざ帰ってきたアレクシス様を目の前にすると、どう振る舞えばいいのかわからない。

顔が熱くなるのを感じながらぎくしゃくとそばへ行き、どうにか言葉をかけた。

「ご無事のご帰還、何よりでございます」

よ、よかった、噛まずに言えたわ……！

「ありがとう。シルバーウルフの大群と五体ものオーガを相手にしたのに、今回、私はほとんど魔物の攻撃を受けることがなかった。君のサッシュが守ってくれたのだろうな」

「まあ、買いかぶり過ぎですわ。ですが、そんなに多くの魔物と戦ったなんて……お怪我がなくて、本当に良かった……」

「……ああ、そうだな……」

どことなくアレクシス様の歯切れが悪い。

まさか見えない場所に怪我でもしたのだろうかと心配になって、彼の体をあちこち見回す。

彼は急いで言った。

「いや、私は怪我はしていないんだ。だが……デクスター子爵令息がオーガに襲われて負傷し、戦線離脱した」

「……コンラッド様が……？」

アレクシス様は眉を寄せ、うなずいた。

「幸い、致命傷ではなかったようだが……そのとき、私は彼の見える位置にいたが、隊の指揮を執り、別のオーガと戦っている最中で助けに向かえなかった。君に『心配しなくていい』などと軽率に言うべきではなかったな……すまなかった」

私は黙って首を横に振った。

コンラッド様が怪我をしたということが、あまりにも予想外だったのだ。

私が婚約者だった頃は、「奇跡の騎士」と呼ばれるほど、怪我とは無縁の人だった。

それが、戦線離脱を余儀なくされるほどの傷を負ったなんて……。

かつて私に向けられた彼の明るい笑顔が思い出されて、胸が苦しくなった。

けれど。

「……もしも君が望むなら、王都へ彼の見舞いに行っても構わない。彼は君の義弟でもあるし……」

無表情でそんなことを言うアレクシス様に、私はもう一度首を横に振った。

私の見舞いなど、コンラッド様もミリアムも望まないだろう。

「いいえ、その必要はありませんわ。コンラッド様にはミリアムがついていますし、あの子は気丈な子なので、きっと大丈夫です。……あとで、お見舞いの手紙を書こうと思います」

「……そうか」

どこかほっとしたように言われ、その件はこれで終わりになった。

少し気まずい沈黙が生まれる。

私は遠慮がちに口を開いた。

「ところで、アレクシス様は明日のご予定はおありですか？　もしよろしければ、午後に少しだけ、お時間をいただけたらと思うのですが」

アレクシス様はすぐに承諾してくれた。

「もちろん構わない。留守中、何か問題でも？」

「い、いいえ、そういうわけでは……」

「では、デートの誘いかな？」

「ちがっ……！」

真顔でそんなことを言われ、ぶわっと顔に熱が集まる。

「違う？」

ちょっと残念そうに首を傾げる姿があざとかわいい……じゃなくて、ああ、こういうときに気の利いた返しのできない自分が恨めしい。

赤くなってあわあわしていると、アレクシス様がクスッと笑った。

「冗談だ」

「！」

「すまない、ついからかいたくなってしまった。……久しぶりに会ったのに、嫌われてしまうかな」

「き……嫌いになんて、なりません……」

「…………そうか」

アレクシス様が横を向いた。

ほんのり頬が赤く見えるのは気のせいだろうか。

気がつけば、周囲に置かれていた旅行鞄や武具はすべてきれいに片付けられ、ここには私たち二人だけだ。

アレクシス様はオーバーコートのポケットから、小さな包み紙を取り出した。

それを私に差し出す。

「戦場付近に住んでいる大商家が、魔物を退治した礼に、店の商品をなんでも持っていっていいと言ってくれたんだ。それで……もしかしたら、君が気に入るかもしれないと思って」

「私に……？」

受け取って包みを開ける。

中には、虹色の刺繍糸が入っていた。

美しいグラデーションになった青系の糸と、赤系の糸が、一かせずつ。

虹色の刺繍糸はごく限られた地域でしか売っていない、憧れのレア品だ。

たちまち私は天にも昇る心地になった。

「まあっ……！　まさかこの糸が手に入るなんて、夢にも思いませんでしたわ！」

私は幻想的な色合いの糸を色々な角度から眺め、うっとりとため息をついて。

それから糸をグッと握りしめ、アレクシス様に勢いよくにじり寄った。

「とっってても嬉しいです、アレクシス様！　大切に、使いますね！」

「……そんなに嬉しかった？」

若干引き気味に言われ、ハッとわれに返る。

「あ……あの、すみません、取り乱してしまって……もちろんアレクシス様が無事に戻られたことが一番嬉しいです！　ですが、この刺繍糸も本当に嬉しくて……」

赤くなって言い訳する私の頭に、アレクシス様の大きな手が、ぽんと乗った。

「そうか。喜んでくれて何よりだ」

温かな微笑を向けられ、私は改めて、彼が帰ってきたことの喜びを噛みしめた。

次の日の午後、私はアレクシス様と共に、お茶会の準備の整った中庭にいた。

ガーデンチェアに座った彼に、目を閉じてもらう。

「私がいいと言うまで、目を開かないでくださいね？」

「ああ、わかった」

素直にまぶたを閉じているアレクシス様は、とても無防備に見えた。

秋の午後の木洩れ日の下、黒髪が時折風に揺れ、長い睫毛は凛々しい頬に影を落としている。

思わず見とれてしまいそうになったとき、城の正門へ続く小径から、足音が聞こえた。

ぱっとそちらを見ると、ロージーが侍女と共に歩いてくるところだった。

私は人差し指を唇に当てた。

ロージーがうなずき、足音を忍ばせながらこちらへやって来る。

月と星の刺繍の入った紺のドレスも、かわいらしい水晶のネックレスも、ロージーに見事に似合っていた。

さすがは大伯母であるマーガレット様の見立てだ。なんだかロージーの周囲に、新鮮な魔力が満ち溢れているようにさえ見える。私には魔力がないので気のせいだろうけど。

でも、足どりもしっかりしていて、バラ色の頬は生き生きと健康的だ。

病気から順調に回復しているのは間違いなかった。

ロージーは、目を閉じたままの兄の前に立ち、悪戯っぽく私に笑いかけた。

私もほほえみを返すと、彼に言った。

「アレクシス様、目を開けてください」

彼がゆっくりと目を開けると。

そこには、笑顔のロージーが立っていた。

「お兄さま、お帰りなさい！」

そう言いながら、兄に飛びつく。

アレクシス様は信じられないというように大きく目を見開いて。

まだ呆然としながらも、しっかりと彼女を抱きしめた。

「……ロージー！　お前、体は……」

「この通り、もうすっかり元気ですわ！　念のため城までは馬車を使いましたけれど、わたくし、もう外を歩けますのよ！」

アレクシス様に目顔で問いかけられたので、私も同意した。

「この頃はとてもロージーの体調が良くて、食事もしっかりとれるようになったし、少しなら外をお散歩できるようになりました。……ですから、アレクシス様にもその姿をお見せして驚かせたいと、ロージーと私でこのお茶会を計画したのです」

「サラ………ありがとう」

アレクシス様は感極まったように私を見つめた。

それからロージーを見て、確かめるようにぺたぺたと頬や腕を触った。

「本当だ。前よりも肉がついているようだな」

「おっ、お兄さまったら！　淑女になんというはしたない真似を！　戦場にマナーをお忘れになってきたのではありませんか!?」

「よかった。そんなに元気な声を出せるなら、もう大丈夫だ」

「誤魔化さないでくださいまし！」

兄妹でじゃれ合っているのをほほえましく見ていると、侍女たちがお茶を淹れてくれた。

温かいお茶を飲みながら三人でおしゃべりをして、またたく間に時間が過ぎていく。

ロージーは澄まし顔でアレクシス様に尋ねた。

「お兄さま、遠征はいかがでしたか？　フレデリック様はご無事ですのよね？」

「ああ。あいつは後方の支援部隊で指揮を執っていたから、怪我はしていないはずだ。呼ばなくてもまたすぐに押しかけて来るだろう」

「お兄さま、おっしゃり方……まったくもう、相変わらずの『氷の伯爵』っぷりですわね。そんな調子でお仲間の方々とうまくやれたんですの？」

「当たり前だ。お前は戦地にいる者がどれだけ口が悪いか知らないから…………そういえば、サラも私の配下の騎士たちに『氷の伯爵夫人』と呼ばれていたな」

「まあ、光栄ですわ！」

私は思わず笑みをこぼした。

自分がそんな風に呼ばれているなんて初めて知ったけれど、私にはもったいないくらいの素敵な呼び名だ。

何より嬉しいのは、アレクシス様とおそろいなところだ。

「光栄……ですの？　もしかして、陰口なのをわかってらっしゃらない……？　うーん、ものは考えようというか……サラお姉さまが幸せそうでなによりですけれど……」

ロージーは何やら小声で呟き、首を傾げている。

「どうかしたの、ロージー？」

「いえ、その……お、お兄さまは、それでいいのですか？」

「何がだ？『氷の伯爵』の妻なのだから『氷の伯爵夫人』でいいだろう。むしろ他の呼び名などありえない」

「わかってるくせにポジティブですわねっ!?」

三人でするお茶会は、とても楽しいものだった。

アレクシス様とロージーは、もうとっくに私の大切な家族になっていて。

こうして一緒に心地のいい時間を過ごしていると、これが契約による「白い結婚」なのだということを、忘れてしまいそうだった。

断章　戦場の貴公子

「大丈夫か、フレデリック」

木々の梢と青空を背にしたアレクシスが、かがみながら僕の顔をのぞきこむ。

死と隣り合わせの戦場にあっても、こいつは氷のように冷静沈着だ。

だが自分が悪寒と吐き気でまともに歩けず、討伐隊から離れて木の根元でぐったりと座っている今は、その冷静さこそがありがたかった。

「……これくらい何でもない。お前こそ自分の持ち場を離れて平気なのか？　僕に構わず、早く隊に戻ったらどうだ」

強がると、アレクシスは呆れたように革袋を差し出した。

「今は小康状態だ。いいから飲め。ひどい顔だぞ」

強い酒の臭いに顔をしかめながら、ひと息に飲み下す。

すると、多少はましな気分になった。

ふらつきながら立ち上がる。

森の奥から、シルバーウルフの断末魔の叫びが聞こえた。

騎士たちの歓声も。

誰かが仕留めたのだろう。

それが自分ではないことに焦燥が募った。

『いいかフレデリック、こたびの魔物討伐はよい機会だ。必ずや魔物を仕留め、騎士としての力を証明して帰ってこい』

遠征に行く前に聞いた、思い出したくもない父の言葉がよみがえる。

『昔のことは忘れろ。お前ならできる。このハワード家の息子であるお前ならば、な』

胸にこみ上げかけた苦味を抑えつけ、自分の頬を両手でバシッと叩いた。

腰に吊るした慣れない剣の重みは、つとめて意識しないようにしながら。

「……悪かったな、アレクシス。もう大丈夫だ。さて、武勲を立てに行くか」

冗談めかして言うと、かたわらに立つ友人は思案顔をした。

「武勲か。ちょうどオーガの巣に突っ込む切り込み役が欲しかったんだが……」

「僕を殺す気かっ!?」

ゆうに二メートルを超す巨軀とすさまじい膂力を持つ残忍なオーガの巣に身一つで突っ込むなど、武勇でも何でもない、ただの自殺行為である。

アレクシスが笑った。

「調子が戻って何よりだ。だが、無理はするなよ？　どうせ公爵閣下に何か言われたんだろうが、聞き流せ」

乱暴な励ましに苦笑する。

相変わらず、冷たいのか優しいのかわかりにくいやつだ。

そういうところもかわいい弟のように思えるのだが、かわいさのあまり、つい説教臭くなってしまう。

「まったく、お前というやつは……結婚したというのに何も変わっていないな。サラにも苦労をかけているんじゃないか？　しかも『白い結婚』なのだろう？　そんなふざけたものは早く解消して、自由にしてやったらどうだ」

これが、存外にアレクシスにはこたえたようだった。

きれいな顔が、ふっと翳る。

「苦労などさせない。結婚も、解消するつもりはない」

傲慢ともとれる言葉を呟き、アレクシスは腰に結んで垂らしたサッシュに触れた。

ミドルトン家の紋章である四つの百合を、サラが黒い布地に美しく刺繍したものだ。

まるで暗闇に咲く花のように。

アレクシスは世界中の不幸を背負ったような顔をしてそれを見ている。

思わず僕は眉根を寄せた。

不幸だからといって、なぜ「白い結婚」などするのだ。

僕はアレクシスがまともな結婚をためらう本当の理由を知っている。

その上で「白い結婚」を選んだ理由——大伯母であるマーガレット様の機嫌を取らねばならないという事情も、病に苦しむ妹のロージーに家族を作ってやりたいという気持ちも、理解はできる。

だが、そのために契約結婚させられる女性の人生に、どう責任を取るのだ。

真に不幸なのは、偽りの妻の座に据えられるサラの方であろう。

それなのに、サラはアレクシスのためにせっせと刺繍をし、慣れない伯爵夫人の仕事を全うしようと頑張っていた。

健気な彼女の姿を思い出すと、キリリ、と胸が痛む。

余計な口出しと思いつつ、こう言わずにはいられなかった。

「……どういうつもりか知らないが、サラをお前の家の問題に巻き込むな。かわいそうに、あんなにいい子なのに……」

王都で「お針子令嬢」などと揶揄されていたことも、軽薄な婚約者が彼女の妹と浮気をして婚約解消となったことも知っている。

彼女の人となりを知れば知るほど、なんとひどい話だろうと思う。

だからこそ、サラには幸せになってほしいと願っていた。

もしもアレクシスにその甲斐性がないのなら、自分が代わりに叶えてもいいと。

そのくらいには強い願いだ。

アレクシスが顔を上げる。

僕の表情を見ると、わずかに驚いたようだった。

「フレデリック…………お前、まさかサラを……？」

だが答える間もなく、すぐに森の奥が騒がしくなった。

魔物の襲撃が始まったらしい。

つかの間の休息は終わりだ。

アレクシスが気遣わしげにこちらを見るが、それを振り払うように言う。

「行こう」

「……ああ」

そして僕たちは戦場へ戻った。

お針子令嬢と氷の伯爵の白い結婚

第六章 波乱

アレクシス様の言った通り、ほどなくして、フレデリック様がシアフィールド城を訪れた。

今回は事前に訪問の日にちが決まっていた。

けれどアレクシス様に急な仕事が入ったため、私が一人でフレデリック様を出迎えた。

城の前に停(と)まった公爵家の馬車から、オレンジがかった金髪の美丈夫(びじょうふ)が降り立つ。

私は彼に近づき、ドレスの裾(すそ)をつまんで挨拶(あいさつ)をした。

「ようこそいらっしゃいました、フレデリック様」

「久しぶり、サラ。元気だったかい？」

「はい！」

笑顔でそう答えてから初めて、彼の顔色があまり良くないことに気がつく。

けれど、私が何か尋ねる前に彼が言った。

「よかった。すっかりここに慣れたようだね。前よりもずっと伯爵夫人らしく見えるよ」

「ほ、本当ですか……？」

「本当だよ」

フレデリック様がにっこり笑う。

たちまち私は幸せな気分になった。

「ありがとうございます！」

なんて優しい方なのかしら。

四大公爵家の一つであるハワード家の令息で、容貌もため息が出るほど整っているのに、少しもおごり高ぶったところがなく、思いやりにあふれている。

非の打ち所のない素敵な人だ。

私たちの後ろでは、御者が馬車から大量の贈り物の包みを降ろしていた。

その全部がロージーへのプレゼントらしく、フレデリック様が慎重に城の中へ運ぶようにと指示をした。

ロージーの喜ぶ顔がありありと思い浮かぶ。

私も頰をゆるめながら、彼を城の応接間へ通した。


廊下を歩いていると、階下の厨房から夕食の肉を焼く匂いが流れてきた。

すると、フレデリック様は急に口元を手で押さえ、立ち止まった。

血の気の引いた顔をしている。

「フレデリック様……？　もしかして、どこかお体の具合が悪いのですか？」

「……いや……大丈夫だ」

そう言いながらも、大丈夫ではなさそうだった。

私はジョンソンに水を頼むと、彼に寄りそって応接間まで行き、ソファに座ってもらった。

フレデリック様はぐったりと背中を丸めている。

ジョンソンが水の入ったグラスを渡すと、彼は一口飲んで、弱々しく呟いた。

「……すまない。戦場から戻って何日も経つのに、情けないな……」

いつもは声の大きなフレデリック様が、こんなに小さな声を出すなんて……。

何があったのかと、とても心配になる。

向かいのソファに座った私は、ほほえみを浮かべて言った。

「フレデリック様、もし何か困っていることがおありなら、私に話してはくださいませんか？私は無力ですが、誰かに話すだけでも、少しはすっきりするかもしれません」

彼は反射的に、断ろうと口を開いたかのように見えた。

けれど、私の顔を見るとその口をつぐみ、ジョンソンに礼を言ってグラスを返した。

ジョンソンは心得たように一礼して下がった。

私たちだけになると、フレデリック様はしばらく居心地が悪そうに足を組みかえたり窓の外を見たりしていたが、やがて、意を決したように話しはじめた。

「………………貴族なのに実に情けない話だが、戦場は苦手でね。血を見たり、血の匂いを嗅ぐと、途端に気分が悪くなってしまうんだ」

「まあ……」

「先日の遠征でも、魔物を仕留めようと努力はしたんだが……結局一匹も倒せなかった。父や兄たちからも『ハワード家の男が、なんと情けない。この恥さらしめ』となじられて……貴族の中でも四大公爵家は国王陛下の藩屏と呼ばれ、栄華に浴する代わり、重責を担ってもいる。その責務を十全に果たせていないのだから、失望されて当然なんだが……」

「……そんな、…………」

私は彼が気の毒になった。

このバーラント王国における貴族の重要な仕事の一つが、魔物退治だ。

貴族の成人男性のほぼ全員が騎士団に所属し、出動命令があれば、いついかなるときでも、魔物を討伐しに向かわねばならない。

しかも、ハワード家は四大公爵家の一角という、貴族の中でも名門中の名門だ。

その令息である彼への期待もプレッシャーも相当大きいだろう。

しがない子爵家の娘である私でさえ、魔力がないとわかった途端、あんなに落胆されたのだ。

彼の抱える心的負担は、察するに余りある。

「……ですが、体質的なものでしたら仕方がないのでは……？」

おずおずと言ったら、彼は力なくほほえんだ。

「昔は平気だったんだけどね………」

「何か、きっかけとなる出来事でもあったのですか？」

私は前のめりになって質問した。

胸のつかえがあるのなら、この機会に吐き出してほしい。

そうすれば、フレデリック様の心も、少しは軽くなるかもしれない。

彼はなおもためらっていたが、やがて、低い声で話しはじめた。

「ハワード家には、昔は四人の息子がいたんだ。僕の二つ下の弟のマシューはやんちゃな子でね。しょっちゅう危ない場所へ遊びに行っては、生傷を作って帰ってきた。僕もよく付き合わされていたよ。両親も、男の子だからと大目に見ていた」

弟さんがいたなんて初めて聞いたけれど……「いた」と過去形なのが気になった。

フレデリック様は両手を握り合わせ、苦しそうな表情で、続きを語った。

「……だけどある日、僕はマシューと森の奥へ行って………あいつが何の気なしに投げた石が、たまたま森に迷い込んでいたシルバーウルフに当たった。その数日前に、王都郊外でシルバーウルフの群れが騎士団に討伐されていたんだが、討ち漏らしたんだろう。かなりの手負いで、気が立っていた」

ゾッとしながら、私は黙って話を聞いていた。

人間に傷つけられた魔物は、ひどく凶暴になると聞く。

　フレデリック様が、押し殺した声で、その話の結末を告げる。

「……そいつは怒り狂ってマシューに襲いかかった。僕は拾った棒を無我夢中で振り回して、どうにか追い払った………だけど、そのときには弟は動かなくなっていて………マシューを背負って屋敷へ帰ったが、もう、手遅れだった」

　刻一刻と冷たくなっていく男の子の姿が脳裏に浮かんだ。

　愛する弟の死を目の当たりにしたフレデリック様の悲嘆は、どれほどだったろう。

　そんな体験をしたなら、血が苦手になって当然だ。

　かける言葉が見つからない。

　彼は逆に、私を元気づけるように言った。

「君の言った通り、話したら少し気が楽になったよ。ありがとう」

「フレデリック様……」

　お礼を言われて、なんだか泣きたくなった。

　悲しいのは彼の方なのに、今もこうして私を気遣ってくれている。

　私はぐっとソファから身を乗り出し、心をこめて言った。

「フレデリック様は情けなくなどありません。あなたはとてもお優しい方です。魔物退治などしなくとも、立派な貴族であることに少しも変わりはありません。アレクシス様やロージーにとって、それから私にとっても、あなたは大切な、家族のような存在です」

「……サラ」

公爵家で父や兄たちから心無い言葉をかけられているという彼に、せめてこの城では、少しでもくつろいで過ごしてほしかった。

ここが、彼の本当の家であるかのように。

フレデリック様は、くしゃっと笑った。

「嬉しいよ。アレクシスはマシューと仲が良かったから、僕にとっては、あいつも弟みたいな存在なんだ。もちろんロージーも妹同然で……だからアレクシスと結婚した君のことも、勝手に妹のように思っていた」

「まあ。私もお兄様ができたようで、とても嬉しいです！」

太陽のように明るく温かなフレデリック様が本当に兄だったら、私はものすごいお兄様っ子になっていたことだろう。

……その場合もやはり私は、ミリアムにフレデリック様を奪われてしまうのかしら……？

一瞬、嫌な想像をしてしまい、急いでブンブンと首を振ってその悪夢を追い払う。

そんな私を、フレデリック様は目を細めて眩しそうに見つめていた。

「……ねえ、君はセラフィナという名前の意味を知っている？」

「？　いいえ」

わずかに首を傾げて答えると、彼が教えてくれた。

「セラフィナは『天使』という意味なんだよ。君はまさに天使だ」

真面目な顔をしてそんなことを言うので、思わず笑ってしまった。

「フレデリック様ったら」

「いや、笑うところではないんだが……」

そのとき、玄関ホールから扉の開く音と、ジョンソンの声が聞こえてきた。

「アレクシス様が帰ってきたようです。私、お出迎えに行ってきますね」

「ああ」

フレデリック様はまだ真剣な表情で私を見つめていたので、彼に背を向けて応接間を出る間、なんだか落ち着かない気分になった。

その日の午後、ロージーが城へ遊びに来た。

フレデリック様が滞在していると聞き、彼に会いに来たのだ。

自分の足で元気に走って来たロージーに、フレデリック様は目を見開き、絶句した。

彼は何かを確認するように、ちらりと一度アレクシス様の方を見た。

それからロージーに向き直る。

「……ロージー、まさか病気が治ったのか……!?」

「はい、フレデリック様！　こんなに元気になりましたわ！」

ロージーは頬をバラ色に染めて答えた。

その姿に、フレデリック様は心から安堵したようだった。

「そうか……よかった……！」

「フレデリック様、一緒にポーカーでもしませんか？　本当は遠乗りに行きたいのですが、お兄さまが絶対にダメだと言うのです」

「さすがに乗馬はまだ危ないよ。でも、今度必ず一緒に行こう。今日はポーカーを……アレクシスもやるのか？　よし別のゲームにしよう」

フレデリック様はにこやかに勝負を拒否した。

私もアレクシス様にポーカーで勝てる気がしないからありがたい。彼に勝てる気がするゲームなんてないけれど。

皆で図書室へ移動し、アレクシス様が滑らかな手つきでカードを配る。

私がふと、フレデリック様を見ると。

ほんの少しの間だったけれど、彼はたしかに、ひやりとするような棘のある視線をアレクシス様へ向けていた。

肌寒い曇り空のある日、私の侍女のクレアが、風邪を引いて寝込んでしまった。

「申し訳ありません、奥様……」

「いいのよ。気にせずゆっくり休んでね？」

私はクレアの部屋を出て、扉を閉めた。

熱を出したと聞いて様子を見に来たのだけれど、几帳面な性格の彼女らしく、部屋はきれいに整頓されている。

けれど、壁際に置かれた花びんの花が、力なくしおれていた。

クレアはいつも完璧に私の世話をしてくれる。

看病は侍女頭がするようだけれど、ベッドにいても少しは心が安らぐように、せめてお見舞いに美しい花をあげたい。

城の庭園へ行き、花を摘んでこよう。

そう思いながら階段を上ると、向こうからアレクシス様とフレデリック様が歩いてきた。

私は北の塔の失敗を繰り返さないように、事前にアレクシス様に確認した。

「アレクシス様、庭園へ行って、お花を少しいただいてもよろしいでしょうか？」

「花？　構わないが、今の季節は何も咲いてないはずだが」

「えっ……」

庭園ならいつでも花があるはずだと思い込んでいたので、ショックだった。

そういえばもう秋も深まってきていて、かなり寒い。

「そ、それでは、この辺りで花が自生している場所などはありますか？　クレアにお見舞いとして贈りたいのですが……」

「そうだな……敷地の外れの森なら野花(のばな)が咲いているかもしれないが、あの辺りは野生動物も出没するから一人で行くのは危険だ。つい先日も、使用人が何かの動物を見たらしい……私が一緒に行ければいいんだが、これから町長と会う約束があるんだ」

アレクシス様が整った顔を曇らせる。

すると、フレデリック様が名乗りを上げてくれた。

「だったら僕が行こう」

「大丈夫か？」

「もちろんだ。立派な花束を作ってみせるさ」

「お前が作るのか……？」

アレクシス様が困惑する。

けれどもアレクシス様は自分の腰に佩(は)いていた長剣をベルトごと外して、フレデリック様に渡した。

「……それでは、サラを頼む。これを持っていけ」

ほぼ常に帯剣しているアレクシス様と違い、フレデリック様は常に丸腰で身軽だ。

フレデリック様は剣を受け取って答えた。

「ああ、僕に任せろ」

城を囲むようにぐるりと広がる森には、たくさんの種類の小さな花が咲いていた。

頭上は鉛色の曇天だ。

いつ降り出すかわからない空の下、フレデリック様に見守られながら、私は手早く花を摘んで花束を作った。

どれもこれもかわいらしくて可憐な野花は、いつまでも見ていたくなってしまう。

ああ、この紫色の小さな花とあの白い花の組み合わせは秀逸だわ。あの繊細な形の葉っぱも合わせて、リースの形に刺繍したらきっと素敵ね。まあ、この花も初めて見たわ……。

「サラ、終わったかい？」

「っ、はい！」

観察に夢中になっていた私は、フレデリック様の声に慌てて立ち上がった。

「ごめんなさい、こんなところへ付き合わせてしまって」

「気にすることはないさ。僕もちょうど、君と二人で話をしたかったんだ」

そう言うと、フレデリック様は本当に自分でも作っていた野花の花束を、そっと木の根元に置いた。

寂しげな横顔に、胸が、きゅっとしめつけられる。

花は、亡くなった弟のマシュー様へ手向けたのだろう。

「……フレデリック様、私に話とは、どのような……？」

普段の明るい態度とは異なる雰囲気に、遠慮がちに尋ねる。

彼は真剣な表情を浮かべてこちらを向いた。

思わず息を呑んだ。

いつもは朗らか過ぎて忘れているけれど、フレデリック様はかなりの美男子だ。

甘く整った顔立ちは常に笑顔なのに、今はなぜか悩ましげで、その落差に目を奪われる。

鮮やかなオレンジブロンドと均整の取れた長身の体に、王都の最高級店が仕立てたのだろう格調高いコートの裾が美しく風になびき。

さりげなく身に纏わせた香水も、くらくらするほどいい香りだ。

彼が大人の男性、しかも飛び抜けて身分の高い貴公子なのだと改めて感じさせられる。

その上、彼は私の花摘みに文句も言わず付き合ってくれるほど、優しくて紳士的なのだ。

まるで乙女の夢の中から抜け出してきたかのような人だった。

そんなフレデリック様が、琥珀色の瞳に私を映す。

「サラ……君は本当にこのままでいいのか？」

「……え？」

「君はアレクシスに、いいように利用されているのだろう!?」

「り……利用……ですか?」

初耳だ。

ぽかんとする私に、フレデリック様が一歩近づいた。

「もしも君が望むなら、僕は……」

ガサッという音に、彼の言葉が途切れた。

その音は、森の奥の茂みから聞こえてきた。

私たちは茂みへ目を向けた。


大型のシルバーウルフが、らんらんと眼を光らせてこちらを見ている。


頭の中が真っ白になった。

どうしてここに魔物が?

魔物は通常、瘴気(しょうき)の立ち込める谷間や山の奥に棲(す)んでいる。

何かの目的を持ち人里へ下りてくることもあるけれど、その場合はすぐに騎士団へ出撃命令が出され、速やかに討伐されるはずだ。

魔物たちもそれは理解しているようで、普段は警戒して、あまり人の前に姿を現さない。

それに、シルバーウルフは群れで行動する、知能の高い魔物だ。

ここは先日の魔物討伐があった場所からも離れているし、いくら田舎とはいえ、こんな人の出入りの多い城周辺の森に、一頭で現れるわけがないのに……。

「サラ。僕が引きつけておくから、君は逃げろ」

フレデリック様はそう言うと、音を立てずに剣を引き抜いた。

けれど、柄を握る手が小刻みに震えている。

顔色もひどく悪い。

彼は血が苦手なのだ。

剣で魔物を斬れば、当然多くの血が出る。

そんなこと、想像するだけで具合が悪くなるはずだ。

「……いいえ、フレデリック様。静かに少しずつ後退して、一緒に逃げましょう」

そう言ったけれど、逃げ切れるとは思えなかった。

シルバーウルフは並の犬より二回りは大きく、走るスピードも速い。

そして……あの魔物は、完全に私に狙いを定めているようだった。

確かに私の方が弱いし肉も柔らかいだろうけど……。

……た、食べられたくない……！

だが無情にも、シルバーウルフは私めがけて動きだした。

恐怖に足がすくむ。
フレデリック様が私をかばうように前に出る。
けれど無理をしているのは一目瞭然だ。
このままでは二人とも助からない。
それなら――
「フレデリック様、あなただけでも逃げてくださいっ‼」
私の叫びに、フレデリック様が大きく目を見開いた。
まるで、雷にでも打たれたかのように。
次の瞬間――彼の顔つきが変わった。
ぐっと力を込めて剣を握り直す。
そして、落ち着いて中段に構えた。
シルバーウルフが地面を蹴り、躍りかかってきた。

フレデリック様が剣を一閃する。

――それは、ほれぼれするほど見事な動きだった。
剣撃はあやまたずシルバーウルフの急所を捉えていた。

血を見るのは苦手だと言っていたけれど、剣の鍛錬は欠かさずにしていたのだろう。

体格のいいフレデリック様は力も強いらしく、魔物の大きな体に一撃で致命傷を与えたようだった。

どさっと地面に落ちたシルバーウルフは、まもなく絶命した。

「あ……ありがとうございます、フレデリック様……」

まだ呆然としたまま、私は礼を言った。

彼も、自分のしたことに驚いているようだった。

その顔が徐々に、喜びに輝きだす。

「……いや、礼を言うのはこちらの方だ。ありがとう、サラ」

私がきょとんとしていると、彼は剣を鞘におさめ、泣き笑いのような表情を浮かべた。

「『兄さんだけでも逃げろ』と……マシューは、最期に僕にそう言ったんだ」

もういない弟の面影を探すかのように、フレデリック様が森の奥に目をやる。

それから、私に向き直った。

「……君がマシューと同じことを言うものだから、命に代えても君のことは守ろうと決めた。そしたら、あれほど強かった血への恐怖心が消え去って……君のおかげで、僕はもう一度剣を振るうことができたんだ」

「フレデリック様……」

あのとき、私はとっさに「あなただけでも逃げてください」と叫んでいた。

マシュー様も、亡くなる前に、同じことをフレデリック様に言っていたのだ――

きっと彼は、明るく優しい兄のことが大好きだったんだろう。

シルバーウルフから私たちを守ってくれたのは、マシュー様の、切ないほどの兄弟愛だったのではないか――そんな気がして、私は思わずフレデリック様の手をぎゅっと握っていた。

フレデリック様が驚いた顔をする。

出過ぎたことかもしれないけれど……私は琥珀色の目を見て言った。

「マシュー様は、きっと、フレデリック様が無事だったことを喜んでいると思います」

「……サラ……」

「フレデリック様のことが大切だったから……だから『逃げて』と言ったのだろうし、今も、あなたのことを心配しているのかもしれません…………あなたがずっと彼のことを気に病んでいたら、マシュー様も悲しむのではないでしょうか」

「………………そうかもしれないな」

フレデリック様がぽつりと言った。

それから私の手をそっと握り返すと。

まるで王女様に対してするように、その場に恭しくひざまずいた。

物語の一場面のようなその動作は、あまりにも板についていて、優美で。

私はただただ、彼の姿に見とれてしまった。

フレデリック様は顔を上げ、眩しいほどの笑みを浮かべた。

「君の言う通りだ。これからはマシューを心配させないよう、弟の分まで悔いなく生きると、今ここで僕の天使に誓おう」

「……はい！」

わたしはにっこりと笑った。

天使というのは、きっとマシュー様のことだろう。

とんでもなく美々しいフレデリック様に圧倒されてしまったけれど……彼がまた剣を握れるようになったことが、自分のことのように嬉しい。

まるで空も祝福をしてくれるかのように、雲の切れ間から光が射して、風にそよぐ花々を輝かせた。


「シルバーウルフに襲われただと？」

城へ戻ると、アレクシス様はちょうど仕事を終えたところだった。

彼は事の次第を聞くと、バッと私に向き直った。

「大丈夫か、サラ？　怪我は!?」

「だ、大丈夫です。フレデリック様が守ってくださったので」

彼はそれでも私の手や顔に触れ、怪我がないかと入念に調べだした。

至近距離であちこち触られたり見られたりして、私は羞恥で消えてしまいたくなった。

……近い。近いです、アレクシス様……！

そして念入り過ぎませんか……？

フレデリック様は腕組みをして、なぜか険しい表情で私たちを眺めている。

羞恥心が二倍にふくれ上がる。

そんなに見ないでください、フレデリック様……！

ようやく私に怪我がないと納得したアレクシス様が、フレデリック様にくるりと向き直って尋ねた。

「……お前がシルバーウルフを倒したのか？　その剣で？」

「ああ、そうだ」

彼は晴れ晴れと答えた。

その顔を見たアレクシス様は言葉もないようだった。

やがて彼は腕を伸ばすと。

なんと、フレデリック様を抱きしめた。

「ありがとう、フレデリック…………恩に着る」

「なっ、な、何を改まって……！　礼はいらないぞ！　貴族として当然のことをしたまでだ」

フレデリック様は最初、照れ隠しのようにそう言って。

そのあとで、アレクシス様の背中を、ぐっと抱き返した。

私は胸がいっぱいになった。

マシュー様と仲が良かったというアレクシス様は、マシュー様が亡くなったいきさつも、フレデリック様が血が苦手になった理由も、もちろん知っていただろう。

だから、フレデリック様が魔物を退治できたことを、自分のことのように喜んでいる。

私はほほえましい気持ちで、そんな二人を眺めていた。


その後、シルバーウルフに襲われながらもしっかりと握りしめていた花束をクレアの部屋の花びんに生けると、クレアは「とてもきれいですね」と喜んでくれた。

城の森に突然魔物が出現した理由については、まだ原因不明だ。

フレデリック様と私は改めて遭遇時の詳細をアレクシス様に伝え、彼はそれを報告書にしたためて、王都へと送った。

前回の滞在よりも短い期間で、フレデリック様は公領スタフォードへ帰ることになった。

なんでも一年の終わりが近づいてきているので、父であるハワード公爵の手伝いが増えて忙しいらしい。

「もう行ってしまうのですか？　元気になったら、たくさん遊んでくれるという約束でしたのに……」

見送りに来たロージーが、今日すでに十回は言ったセリフをまた言う。

フレデリック様は嫌な顔もせず、膝をついてロージーの頭をなでた。

「ごめん、ロージー。年が明けたらまた来るよ。そしたら、一緒に馬に乗って、ピクニックにでも行こう」

「本当ですか？　約束ですわよ！」

「ああ。約束だ」

指切りをすると、ロージーはたちまち機嫌を直した。

フレデリック様は立ち上がり、アレクシス様と私に別れの挨拶をした。

その後で、私は気になっていたことを尋ねた。

「あの、フレデリック様。森の中で、何か言いかけていたのは……？」

「……ああ、そのことか」

彼はにこりと笑った。

「あれはひとまず保留にするよ。君のこの城での待遇が気になっていたんだが、アレクシスがあんなに血相を変えて君を心配していたところを見ると、それほどひどい扱いは受けていないようだからね」

「ひ、ひどい扱いなど、まったく……！　とても良くしていただいています！」

びっくりする私の背後で、太陽さえ凍らせるような冷気を感じたが、怖くて見れない。

だがフレデリック様は、真っ向からアレクシス様に対峙した。

「いいかアレクシス。僕は一旦引くが、もしもお前がサラを不幸にするようなら、そのときは……」

「……そんなときは来ないから安心して帰れ」

二人はしばし、怖い顔でにらみ合っていた。

私はハラハラしながら見守っていた。

フレデリック様は、きっと兄のように私たちを想うがゆえに、未熟な私のことを心配してくれているのだろう。

そんな風に彼の気を揉ませてしまう己の不甲斐なさが申し訳ない。

私は改めて、立派な伯爵夫人になろうと決意した。

存分にアレクシス様とにらみ合って気が済んだのか、フレデリック様は元の朗らかな笑顔に戻ると、私たちに別れを告げて馬車に乗り込んだ。

「では、さらばだ」

私は馬車が見えなくなるまで手を振った。

そして、くるりと後ろを向いた。

なぜかアレクシス様は、物憂げな顔をしていた。

「アレクシス様？　……どうかしたのですか？」

そう尋ねると、彼はしばらく私の顔をじっと見た後、固い声で質問を返した。

「……フレデリックをどう思う？」

「どう……とは？　素晴らしい方だと思いますが……」

きょとんとする私に、彼の目つきが虚ろになる。

「…………結婚相手に望ましいと？」

「え？　あ、はい、そうですね。大貴族ですし、見目麗しい方ですし、とても紳士的です。結婚相手としては、これ以上ないほどの方なのでは」

すらすらと一般論を口にすると、アレクシス様は地面を見て黙り込んでしまった。

どうしよう、何か失礼なことを言ってしまっただろうか。

望ましくない結婚相手だと言った方がよかった？

でも、明らかに彼は貴族令嬢にとって、王族に次ぐ最高の結婚相手だと思うけれど……。

「お兄さま、サラお姉さま、帰りましょう？」

冷たい風が吹いて、ロージーがぶるりと震えながら言った。

「ええ、そうね。中に入りましょう」

私は自分のストールを外して、ロージーをくるんだ。

そのとき、また馬車の音がこちらへ近づいて来るのが聞こえた。

「あっ、フレデリック様が戻っていらしたのかも！」

ロージーが、ぱっと顔を輝かせる。

城のアプローチへ入ってきたのは、けれど、公爵家の豪華な馬車ではなかった。

あの馬車は、王都の下級貴族の家でよく見かけるような小型の汎用(はんよう)モデルだ。

御者(ぎょしゃ)が馬を止めて、馬車の扉を開く。

中から降りてきたのは、派手な色のコートを着た、美しい女性だった。

たちまち私の全身から血の気が引いた。

「お久しぶりね。お姉様」

そう言ってほほえんだのは、私の妹のミリアムだった。

アレクシス様への挨拶(あいさつ)もそこそこに、妹は私と二人きりでの対面を希望した。

だから今、私はミリアムと向かい合い、応接間の椅子(いす)に腰を下ろしている。

フレデリック様を見送った後、三人でお茶をする予定だったのに、アレクシス様とロージーには申し訳なかった。

「気にしないでくださいまし、サラお姉さま。姉妹水入らずで、ゆっくりお過ごしくださいね！」

ロージーは笑顔でそう言ってくれて、侍女と共に馬車で帰宅した。

「隣の部屋にいるから、何かあったら呼んでくれ」

と、アレクシス様も気遣わしげに言ってくださった。

その気持ちが嬉しくて、ミリアムが突然来訪したことに対する不安も、いくぶんやわらいだ。

けれど、ここはアレクシス様の居城だ。

それなのにミリアムは突然約束もなく現れて、彼抜きで話をしたいという失礼な要求をした。よほど差し迫った用件なのかもしれないという心配と、すでに結婚をしている彼女がこの先こんな調子でやっていけるのかという不安を抱えながら、私はミリアムと相対した。

「ミリアム……久しぶりね。コンラッド様のお怪我の具合は……？」

返ってきたのは、実家でよく聞いていたあの怒鳴り声だった。

「お怪我の具合は、ですって？　よくそんなセリフが言えたものね！　『奇跡の騎士』と呼ばれていたコンラッドが初めて怪我をしたのよ？　それも、右肘を骨折するなんていう大怪我を！」

「骨折……」

胸がズキンと痛む。

コンラッド様の利き腕は右手だ。

右肘を骨折してしまったのなら、戦線離脱も当然だろう。

それどころか、治り具合によっては、今後の騎士生命に関わるかもしれない……。

ミリアムは立ち上がり、腕組みをして私を見下ろした。

「……何よ、そのわざとらしい憐れみの表情は。どうせお姉様がやったことなのでしょう？　ねえ、お姉様はあのスカーフに何をしたの？　捨てたら悪運が来る呪いでもかけたの？」

「そ、そんなことしてないわ！」

思ってもみなかったことを言われ、私はすぐに否定した。

「嘘よ！　だって今、王都ではお姉様の刺繡があんなにちやほやされて！　家に置いたり身に着けていると魔除けになるって、王都の人はこぞってお姉様の作品を買い求めようとしてるのよ！　どうしてそんな能力を今まで隠してたの？　どうせ一人でいい思いをしようとしてるんでしょう!?」

「な……何を言ってるの？　本当に知らないわ……」

私は呆然と妹の言葉を聞いていた。

王都で、私の刺繡作品が人気？

そんな話、王都に住んでいた頃はまったく聞かなかったのに。

けれど、シアフィールドの領民が私の作った小物を欲しがってくれているという話は、この頃よく聞くようになった。

……もしかして、本当に私の刺繍には、何か特別な力が宿ってたりするのかしら……？

………いいえ、まさか。

私には魔力がない。

そんなこと、あるはずがないわ。

黙りこんだ私を、ミリアムは憎々（にくにく）しげににらみつけた。

「あくまでしらばっくれる気ね？　それならせめて、コンラッドのスカーフを返してよ。お姉様のことだから、まだ大事に持っているんでしょう？」

その言葉を聞くと、私は信じられない思いで妹を見つめた。

コンラッド様に婚約を解消され、刺繍入りのスカーフを投げ返された日のことは、忘れもしない。

ミリアムもそれを目の前で見ていたはずだ。

そのスカーフを、アレクシス様と結婚した私が、どうして大事に持っていると思うのだろう。

「……あのスカーフなら、ここへ来る前に、実家の暖炉で燃やしてしまったわ」

「な……ひどいわっ！　勝手に呪いをかけておいて、どういうつもりよ!?」

「だから、私は呪いなんてかけていないと……」

ミリアムは、ドン！　と足を踏み鳴らした。

私はビクッと肩を震わせる。

実家でも、ミリアムはかんしゃくを起こすと、すぐに私に手を出していた。

だけど、最終的に謝ることになるのは、いつも私の方だった。

あの頃と同じように、恐怖とあきらめが、同時に体の底から這い上がってくる。

「うるさい！　お姉様のくせに、なぜ私に口答えするの!?　燃やしてしまったのなら、責任を取って早く新しいものを作って！」

「……ねえ、ミリアム。大切な方のために刺繍をするのは、コンラッド様の妻であるあなたの役目よ？　一針一針、想いを込めて縫えば……」

「やめてよ！　どうしてこの私がそんなことをしなきゃいけないの？　そんなの、『お針子令嬢』のお姉様の仕事じゃない！　私にやらせようとするなんて、おかしいわよ！」

どうしても話がかみ合わない。

思考が停止して「ごめんなさい」という言葉が口から出そうになり、寸前で思いとどまる。

今の私はアレクシス様の妻だ。

軽はずみな謝罪は口にできない。

私は立ち上がり、怯えていることを精一杯隠して、ミリアムに告げた。

「ミリアム……残念だけど、私にはこれ以上何もできないわ。もう……帰ってもらえるかしら？」

「……『氷の伯爵』に嫁いだから、お姉様まで氷のように冷たくなったってわけ？　あははっ、お姉様のくせに笑わせないでよ。伯爵だって、あんたの刺繍の力が欲しかっただけに決まってるじゃない！」

　想像もしていなかった言葉に、私は凍りついた。

　アレクシス様は、私の刺繍の力が欲しかった？

　……だから私と結婚したの？

　そのとき、強めのノックの音がして、返事を待たずに扉が開いた。

　大股（おおまた）で中に入ってきたのは、当のアレクシス様だった。

　思わず全身がすくみ上がる。

　アレクシス様は、まさに「氷の伯爵」そのものといった、恐ろしいほど冷ややかな表情を浮かべていたからだ。

　あの頃のように、怒られるのは私の方だと、反射的に思って体がこわばる。

　――けれど、彼はかばうように私の前に立ち。

　凍（い）てつくような声音（こわね）でミリアムに告げた。

「失礼。妻が疲れているようですので、お引き取りを願います。馬車はすでに外で待っていますので、お急ぎを」

ミリアムの派手なコートを半ば強引に渡し、玄関の方向を手で示す。

そんな扱いに慣れていないミリアムは、アレクシス様の迫力に押されながらも、赤面して叫んだ。

「……は？　本当に失礼ね！　田舎(いなか)の城はお客のもてなし方も知らないのかしら!?」

「おや、私が冷酷な『氷の伯爵』と呼ばれているのをご存知なかったとでも？　それに、大事な妻の実の妹とはいえ、事前の約束もなく押しかけて理不尽な要求を突きつける人間など、客でもなんでもない。迷惑なので、金輪際(こんりんざい)この城には立ち入らないでいただきたい」

ミリアムは顔をさらに赤くした。

「い、言われなくてもこんな最低な場所、もう来ないわ！」

そう言い捨てて、足音も荒く応接間を出て行った。

静かになった部屋で、アレクシス様が私に近づき、声をかけた。

「サラ……大丈夫？」

「……はい……ありがとうございます、アレクシス様…………ご迷惑をおかけして、申し訳ありません……」

「妻を助けることは迷惑ではないよ」

さっきとは打って変わって、優しい声でそう言ってくれる。

だけど、その顔を見ることができなかった。

アレクシス様が私に触れようと手を伸ばしかけ。

その手を下ろした。

感情を押し殺したような声で言う。

「……彼女は私のことなど何も知らない。そんな人の言う言葉を、信じないでほしい」

心臓が、ドクンと跳ねた。


『伯爵だって、あんたの刺繡の力が欲しかっただけに決まってるじゃない！』


そう言ったミリアムの言葉を、否定しているのだ。

……けれど、それならなぜ、私に触れようとした手を下ろしたのだろう。

なぜ、私と「白い結婚」をしようと思ったのだろう。

コンラッド様にも捨てられた、地味で平凡な「お針子令嬢」の私など、どう考えても結婚する価値などなかったはずだ。

アレクシス様やフレデリック様と違い、私は結婚相手として少しも望ましくないのだから。

もしも、刺繡の力などというものがあれば、別だろうけれど——

『君はアレクシスに、いいように利用されているのだろう!?』

突然、森の中でフレデリック様が言った言葉が脳裏をかすめる。

背中を、ぬるりとした不安が這い上ってくる。

「…………申し訳ありません。少し疲れたので、部屋で休ませていただきます」

それだけ言うと、私はアレクシス様に背を向け、その場を離れた。

第七章 銀の裏地

それから、私はアレクシス様の顔をまともに見られなくなってしまった。

忙しい仕事の合間を縫って、彼は何度か、私の部屋の扉を叩いてくれた。

けれどそのたびに「気分がすぐれないから」と、断ってしまった。

ものすごく失礼で感じの悪い対応だということはわかっている。

だけど、怖かった。

アレクシス様が本当に刺繍の力のためだけに、私と結婚したのなら――

そうだとしたら、ロージーが元気を取り戻した今、私の役目はもう何もない。

身分も高く有能で、見目麗しいアレクシス様にとって、私よりも結婚相手に相応しい女性はごまんといる。

その上、元々私たちの結婚は、契約に基づく「白い結婚」だ。

契約書の第四条には、「この結婚は双方の合意により、いつでも解消することができる」という文言が記載されている。

コンラッド様に婚約を解消されたときのように、もしもアレクシス様から結婚の解消を持ち出されたら？

今度こそ私は一生立ち直れないだろう。

それがあまりにも怖くて仕方がなくて、本当に体調も悪くなり、食事の時間にも部屋から出ることができなかった。

クレアが心配して、温かいパンとスープを部屋へ運んでくれたけれど、胸がぺちゃんこに潰れてしまったようで、どうしても食べる気にはなれない。

刺しかけのタペストリーがちらりと目に入ったけれど、今は刺繍をすることなど、到底考えられなかった。

針と糸を見ることさえつらい。

こんなことは、生まれて初めてだった。


よく眠れないまま目覚めると、雲の広がる寒い朝だった。

来月に迫った収穫祭の相談のために、今日はマーガレット様の家を訪ねる約束をしている。

げっそりとやつれた顔をお化粧でどうにか整えてもらい、私はクレアを連れて、逃げるように城を出た。


「……では、そのように取り計らうわね」

「よろしくお願いいたします」

収穫祭に出品する小物の打ち合わせが終わると、マーガレット様は私を一瞥した。会ったときから私のひどい顔には気がついていたのだろうけど、思慮深い彼女は、何も言わずにいてくれた。

マーガレット様はお茶を一口飲むと、私にも飲むように勧めた。

この家のお茶は何種類ものスパイスが利いていて、少し辛いけれど美味しい。

けれども昨日の昼から何も食べていない今の私にはきつく、思わず胃の辺りを押さえた。

「あら、具合でも悪いの、サラ?」

「い、いえ、大丈夫です」

「そう? ああ、わかったわ、お腹が減っているのね? エルシー、お菓子を持ってきてちょうだい!」

「はーい!」

「マーガレット様、私は……」

慌てて辞退しようとすると、マーガレット様はにっこりと笑った。

「あら、わたくしのお菓子が食べられないとでも?」

「………とんでもございません」

海千山千のマーガレット様にとって、私に何かを食べさせることなど、赤子の手をひねるよりも簡単らしい。

気がつけば、私は出されたマフィンをぺろりと平らげてしまっていた。

美味しい……けど、何か不思議な味と食感が混ざっていたような……？

以前、この家の厨房で見かけた怪しげなあれこれについて、私は極力考えないようにした。

「気分は良くなったかしら？」

マーガレット様にそう聞かれて、初めて体が軽くなっていることに気がつく。

「あ、はい……なんだか、とてもすっきりとした気分です」

「まあ、良かったわ。シアフィールド特産のルバーブを入れてみたのよ。美味しいでしょう？」

「ルバーブ……」

ルバーブは、この地方でよく栽培されている野菜だ。

シアフィールドよりも温暖な気候の王都では見かけないので、私がルバーブ入りのマフィンを食べるのは、これが初めてだ。

どうりで不思議な味がしたわけだ。

ひそかに安堵する私を見て、マーガレット様は悪戯っぽく笑った。

「ヤモリでも入っていると思ったかしら？」

「そ、そんなことは……！」

「別にいいのよ。何も言わなければ、不安になるのは当然だもの。ねえサラ、わたくしが新婚のときは、夫のオスカーと何度も喧嘩(けんか)したのよ。なかでもひどいのは、新妻のわたくしをほっぽって、ふた月も商用だと言って外国をうろついていたオスカーが帰ってきたときね。風の噂(うわさ)で、あちこちの国で美女をはべらせて商談相手と飲んだくれていると聞いていたわたくしは、怒り狂ったわ」

「そ、それは……たしかにひどいですね」

「でしょう? あのときは本気で呪(のろ)ってやろうかと思ったわ。けれど……商会を継いだばかりの彼は、伯爵令嬢という身分を捨てて平民の彼に嫁いだわたくしのために、事業を大きくしたいと張り切っていたのですって。実際に、それからのステイプルトン商会は外国にも版図(はんと)を広げて、急成長したの」

「まあ……マーガレット様は、とても愛されていたのですね」

「その通りよ」

彼女は澄まして笑い、お茶を飲んだ。

言い方はそっけないのに、遠回しに私を気遣ってくれているのがわかる。

大甥(おおおい)のアレクシス様と同じく、一見わかりづらいけれど、とても優しい人だ。

カップのお茶を見つめる私に、マーガレット様が語りかけた。

「サラ、もしも意に染まない出来事があったとしても、長い目で見たら結局はそれで良かった、なんていうことは、よくあるのよ」

緑色の瞳が、優しく細められる。

「どんな雲にも、銀の裏地がついているのだから」

たとえ曇りの日でも、太陽はいつでも明るく輝き、雲の反対側を美しく照らしている。

どれほど困難な状況だとしても、良い面は、必ずある。

マーガレット様の言う「銀の裏地」とは、そんな意味のことわざだった。

さりげなく励ましてくれようとするその優しさに、心がじんわりと温かくなってくる。

……そうね。マーガレット様の言う通り、分厚い雲が垂れこめたような今の状況にも、もしかしたら、良い面があるのかもしれないわ。

どんな雲にも、銀の裏地がついているのだから。

……雲に、銀の……？

私は、はた、と動きを止めた。

部屋に置きっぱなしの、刺しかけのタペストリー。

あれは、雲の浮かぶ空と港町という図案だった。

どこか無難すぎると思って手が止まっていたけれど、ぷっかりとしたあの雲に銀糸で影をつけたら、グッと印象的に、ドラマチックになるに違いないわ。

ああ、そしたら船の浮かぶ水面にも陰影をつけて……。

「……サラ？　どうかしたの？」

「あっ……すみません！　つい刺繍のことを考えてしまって……！」

ハッとわれに返った。私のために話してくれていたのに、なんて失礼なことを。

マーガレット様は楽しそうに笑った。

「おほほ。刺繍のことを考える余裕があるなら大丈夫ね」

それから一時間ほどおしゃべりをして、私はだいぶ元気を取り戻した。

帰ろうとした私とクレアを、マーガレット様が玄関で呼び止めた。

「あら。わたくしったらうっかり忘れるところだったわ。あなたたちのためにシェパーズパイを焼いたのよ。持っていってちょうだい」

「まあ、ありがとうございます！」

エルシーがバスケットに入ったほかほかのパイを厨房から持ってきた。

クレアに渡そうとして、段差に盛大につまずく。

「ひぇえっ!?」

バスケットがぽーんと宙に浮いた。

刹那、クレアが機敏に動いた。

空中でバスケットをすかさずキャッチして、その上、エルシーの後ろ襟まで、猫の子を摑むようにぎゅっとつかんだのだ。

「ぐへっ」

エルシーが小さく叫び、私とマーガレット様は胸をなでおろした。

マーガレット様が疲れたように言う。

「助かったわ、クレア……ねえあなた、しばらくわたくしのうちに来て、このどうしようもなくそそっかしい侍女を鍛えてやってくれない？」

「お、奥様っ？　そんな特訓いりませんが!?」

クレアは慇懃に首を振った。

「失礼ですが、彼女のどうしようもなくそそっかしい性分は、誰にも治せないと思いますが」

「そうよねえ……」

「ひ、ひどいです～っ！」

そして私たちは、涙目のエルシーとあきらめ顔のマーガレット様に別れを告げた。

朝よりもかなり軽くなった気分で城への道を歩いていると、収穫祭の件で、マーガレット様に聞き忘れていた事柄があったことに気がついた。

戻らないといけないが、重いバスケットを持っているクレアを引き返させるのは申し訳ない。

それに、せっかく無事だったパイが冷めてしまう。

アレクシス様は、たぶん、シェパーズパイが好きだ。

彼は何を食べるときも同じように上品に、表情一つ変えずに食べる。

けれども、シェパーズパイを食べるときだけは、わずかにペースが速くなり、こころなしか、ちょっとだけ美味しそうな表情を浮かべているように見えるのだ。

間違い探しレベルの、とても微妙な変化なので、気づいているのはきっと私くらいのものだろうけど。

だから、せっかくのマーガレット様の手作りパイを、冷めないうちに彼に食べてほしい。

クレアにそう話し、先に帰ってほしいとお願いすると、彼女はほほえんだ。

「わかりました。旦那様と仲直りしていただけそうで、何よりです」

「っ、ええ、そうね……ごめんなさい、あなたにまで心配をかけて……」

「私のことはお気遣いなく。城へ帰ったら、先ほどの奥様の言葉を一言一句違えずに旦那様にお伝えいたします。間違いなく、旦那様は奥様と一緒に召し上がろうとお帰りを待つでしょうが……きっと奥様の温かいお気持ちを喜ばれるでしょうね」

「……『先に食べてください』とだけ伝えてちょうだい……」

食事中にこっそりアレクシス様を見つめているのがバレたら、恥ずかしくて城に帰れない。

幸い、シアフィールドの治安はきわめて良いので、女性が一人で歩いていても、日中なら何も問題はない。

私はクレアと別れて、マーガレット様の家へ取って返した。

少し歩いたところで、背後からガサッと音がした。

振り返ろうとした途端、後ろから誰かに抱きすくめられ、手で口をふさがれた。

「っ！」

足をバタバタさせてもがいても、私を拘束する太い腕はびくともしない。

そのまま、道から少し離れた古い納屋へと連れ込まれてしまった。

土の匂いのする薄暗い納屋の中で待っていたのは、意外な人物だった。

「……コンラッド様!?」

コンラッド様は、包帯の巻かれた右腕を肩から吊るしていた。

痛々しい怪我を目の当たりにして、私の胸がつきりと痛む。

けれど、そのコンラッド様が、私をここへ引きずり込んだ従者に「お前は外を見張れ」と命令した。

どう考えても、まともな用件ではない。

そもそも私をここへ連れて来た方法がまともではないし、夫婦でもない男女がこんな場所に二人きりという状況も異常だ。

必然的に、声がこわばる。

「……私に何のご用ですか？　ミリアムはどこにいるのです？」

「つれないな、セラフィナ。俺と君の仲じゃないか」

笑顔でそんなことを言う。

前はあんなに好きだった笑顔が、今はうわべだけのものにしか見えないことに、自分でも驚いた。

それに、彼は以前よりも格好がだらしなく、肌の色も不健康に見えた。

かすかにお酒の匂いもする。

ひどい怪我をして自暴自棄になり、荒れているのかもしれない。

本当に、こんなときにミリアムはどこにいるのだろう。

とにかく、今はこの納屋を出なければ。

「コンラッド様、私をここから出してください。早く城に帰らないと、皆が心配します」

「へえ？　だけど、君の刺繍の持つ力に気づいた『氷の伯爵』が、結婚と称して君を囲っているだけなんだろう？　それとも、ベッドもあいつと一緒なのか？」

頬がかっと熱くなった。

コンラッド様がニヤニヤしながら私の顎に左手をかけ、強引に上を向かせる。

「かわいいなあ、セラフィナは……なあ、俺ともう一度やり直さない？」

「何を……言っているのですか？」

一瞬、言葉の意味がわからなかった。

やり直す？　何を？

「ほんと、ミリアムには嫌気が差したよ。文句ばかり言って、ちっとも俺の役に立とうとしない。《魔力譲渡》だって思ったほどじゃなかった。これなら君の魔除けの刺繍を持っていた方が、ずっとましだったよ。でもその刺繍入りのスカーフだって、結局君から取り戻せなかったしさ。ぎゃあぎゃあ喚くばかりで役立たずなんだよな、あいつ。だからさあ、先に一人で王都へ帰らせたんだ。うるさいのがいなくなって、ほっとしたよ。これで君とゆっくり会えるし」

笑いながら、私の機嫌を取るような調子のいい言葉を並べる。

けれど、私の心は急速に冷えていった。

きっと彼はミリアムに対しても、こんな風に私の悪口を言っていたのだろう。

コンラッド様は、流行りものや華やかなものが好きだ。

でも、飽きたらすぐにポイっと捨ててしまい、見向きもしなくなる。

私にくれるプレゼントも、そのとき人気のある派手なものばかりだった。

婚約しているあいだ、彼に私の好みを聞かれたことなど、一度もない。

もしも王都に虹色の刺繍糸が売っていても、アレクシス様のようにそれを私に選んでくれることは、きっとない。

婚約していたときは、私とは違い華やかなコンラッド様に憧れて、彼の言うことにはなんでも従っていたから、こういった違和感を見過ごしていた。

けれど、距離を置いた今なら、彼の別の面がよく見える。

「……コンラッド様、あなたはミリアムを選びました。私も今はアレクシス様と結婚しています。いまさらそんなことを言われても、遅すぎます」

「じゃあ、俺、ミリアムとは離婚するよ。やっぱりセラフィナの方がかわいいし、尽くしてくれるし。君と再婚する。それでいいだろ？」

私は絶句した。

その沈黙を勘違いしたのか、コンラッド様がにじり寄ってくる。

「セラフィナもまだ俺のこと好きなんだろう？　俺もやっぱり、君の方がいいなって。意地を張っちゃうのもわかるけどさ、君は優しいから、許してくれるよな？」

「……そうではありません。私は、」

「あー、もうわかったから」

少し尖った声で言い、納屋の壁との間に私を挟みこみ、左手を壁に勢いよく突いた。

ドン、と耳元で音がして、私はびくりと体を震わせた。

今まで感じたことのない恐怖が、足元から這い上がってくる。

怪我をしているとはいえ、コンラッド様は男性で体格もいいし、今も帯剣している。

納屋の外には彼の従者もいる。

私はどうしたって逃げられないだろう。

けれどそれは――コンラッド様の意のままになるということは――私はもう、アレクシス様の妻ではいられなくなるということだ。

アレクシス様との契約も、私の意思も、関係ない。

コンラッド様が私との婚約を解消したときのように、彼の気まぐれ一つで、私の幸福はやすやすと奪われてしまうのだ。

アレクシス様の笑顔が、優しい声が、脳裏に浮かぶ。

失いたくない。

絶対に。

「……やめてください。お願いです。ここから出してください」

「そんなに恥ずかしがるなよ、君の気持ちはわかってるから。あの伯爵は、戦場で俺を義理の弟だって気づいてたのに冷たく見捨てた、血も涙もない男なんだ。どうせ、君のことだって見向きもしないんだろう?」

「……そんなこと……」

コンラッド様が、馬鹿にしたようにへらりと笑う。

「まあ、気にするなって。あいつは君を利用するだけのクズ男だ。そんなクズは放っておいて、楽しく遊べばいいさ。そうだろう、セラフィナ?」

その言葉は、恐怖にすくんでいた私の心を、奮い立たせた。

自分のことなら、どれだけ侮辱されたって耐えられる。

だけど、アレクシス様を悪く言われることだけは、我慢ができない。

私は小さく呟いた。

「……サラです」

「は？」

勇気を出して、彼の顔をまっすぐに見据えた。

ぽかんとしているコンラッド様に、はっきりと告げる。

「アレクシス様は、お優しい方です。あなたのことも心配していましたが、小隊の指揮を執っていたため、助けられなかったことを悔やんでいました。私にも、とても良くしてくださいます……彼を悪く言うことだけは、やめてください」

コンラッド様から、すっと笑顔が消える。

「だからさ、そういうのはもういいって。せっかくこの俺が、こんな田舎までお前に会いに来てやってるんだぜ？　もっと喜べよ」

顎を強引につかまれた。

唇が近づく。

「いやっ！」

私は思い切り顔を背けた。

コンラッド様が不機嫌そうに舌打ちする。

「……おい、いい加減にしろよ。地味な『お針子令嬢』のお前が『氷の伯爵』に愛されているだなんて、本気で思ってるのか？　お前だって、あんな気の利かない男に興味はないだろう？　伯爵の位だの、でかい城だのに目がくらんでるだけだ！」

「ちが……」

違う、と、最後まで言えなかった。

思い出したからだ。

アレクシス様との初対面の際に、彼から「城に裁縫室がある」と聞いた途端、それに目がくらんで自分が契約結婚を即決したことを——

さーっと顔から血の気が引いていった。

（……な、なんてこと……アレクシス様が刺繍の力を利用しているのかもしれない、と悩んでいた私の方こそ、彼を利用していただけだったなんて！）

そんなことも忘れてアレクシス様を避けていた自分が恥ずかしい。

もし彼が刺繍の力のことを知り、そのために契約結婚をしたのだとしても、私にそれを責める資格なんてない。

それに、最初は契約結婚だったとしても、私はアレクシス様のことが好きになった。

はじめのうちは怖かったけれど、少しずつ彼のことを理解していき、色々な面を知ることができた。

今では彼のこともシアフィールドの人たちのことも、とても大切に思っている。

もしかしたら、アレクシス様も同じなのかもしれない。

最初は単なる契約だったとしても、今では少しくらいは、私のことを大切に思ってくれているのかもしれない。

手作りのサッシュを喜んでくれたことも、ミリアムからかばってくれたことも、きっと、嘘じゃない。

そんな優しいアレクシス様が好きだ。

それだけでいい。

マーガレット様の言っていた銀の裏地の意味が、はっきりとわかった。

暗く曇った日でも、雲の裏側では、いつも太陽の光が明るく輝いている。

婚約解消をしてよかった。契約結婚をして、本当によかった。

今の私にとっては、シアフィールドが、アレクシス様の隣が、かけがえのない居場所だ。

誰にも奪わせたりしない。

黙りこんだ私に苛立ち、コンラッド様が顔を歪める。

怖かったけれど、森でシルバーウルフに襲われたときの方がずっと怖かった。

あのときのフレデリック様はとても勇敢だった。

あんな勇気が、私にも出せますように――

私はコンラッド様を見上げ、きっぱりと告げた。

「コンラッド様。私、アレクシス様のもとへ帰ります」

「はぁ？　お前、何言って……」

「ごめんなさいっ！」

私はぎゅっと目をつぶり。

彼の負傷した肘を、力の限り突き飛ばした。

「……いってえっっ!!」

彼は悲鳴をあげて悶絶した。

すぐにそこから離れ、扉を目指して走りだす。

「このっ……待て、セラフィナ！」

体勢を立て直したコンラッド様が追いかけてくる。

怪我をしていても、やはり騎士だ。

たちまち距離を詰められる。

逃げ切れず、私は扉の一歩手前で腕をつかまれた。

そのまま、どさっと乱暴に地面に倒される。

「くそ、どいつもこいつも俺をなめやがって……！　そんなに伯爵が偉いかよ!?」

コンラッド様が左手で剣を抜いた。

目つきがまともじゃない。

「……やめて……」

彼が剣を高く振りかざす。

斬られるのを覚悟した。

そのときだった。

納屋の外でガタッと物音がした。

誰かが争う声、それから、人が倒れた音。

納屋の扉が、乱暴に開く。

入ってきたのは、息を切らせたアレクシス様だった。

「サラ！」

普段の冷静な彼とは別人のように取り乱した顔で、私の名を呼ぶ。

私は夢中で彼のもとへ駆け寄った。

「アレクシス様！」

ぎゅっと力強く、アレクシス様が私を抱きしめてくれた。

それだけで、もう何もかも大丈夫だと思えた。

驚いて動きを止めていたコンラッド様の顔が、怒りに赤黒く染まった。

「……何が『氷の伯爵』だ！　俺の邪魔をするなっ！」

けれど、アレクシス様の方が速かった。

私を後ろに退がらせると、自らの剣を抜きざま一閃した。

相手の武器が、キィン、と勢いよく弾きとばされる。

それからアレクシス様は、切っ先をピタリとコンラッド様の喉元に突きつけ。

魂まで凍らせるようなまなざしで宣告した。

「死にたくなければ、二度と私の妻に近づくな」

「ひいぃっ」

たまらずにコンラッド様は尻もちをつき、そのままずりずりと扉の方へ後退した。

そして、剣の間合いから逃れると、パッと立ち上がった。

「……くそっ！　覚えてろ！」

捨てゼリフを吐きながら、コンラッド様が納屋から飛び出す。

ところが、どこかから黒い玉が飛んで来て、彼の前方で爆発した。

黒煙と、ひどい臭いが立ち昇る。

な……何が起こっているのかしら……？

私はアレクシス様に支えられながら、納屋の外へ出た。

そこには、気を失ったコンラッド様と従者が、折り重なってのびていた。

「どうやら間に合ったようね」

顔を上げると、マーガレット様が立っていた。

その後ろのエルシーは、エプロンの上におっかなびっくり、黒い玉をいくつか乗せている。

あれは……もしかして、以前、マーガレット様がお鍋でコトコト煮ていた何かかしら……？

辺り一帯には、そのときと同じ臭いが立ちこめていた。

騒ぎを聞きつけ、近所の人たちが集まってきた。

遅れてじわじわとショックを感じ、足が震え出す。

そんな私を、アレクシス様がひょいと横抱きにかかえ上げた。

「きゃあっ」

たちまち全員の注目を浴びる。

周囲にいる人々が、あんぐりと口を開けてこちらを見ていた。

その中にはベンやバーナードやアンナといった顔馴染みの農民たちもいて、まるで初々しいアヒルの夫婦でも見守っているかのようなほほえみを浮かべ合っている。

は……恥ずかしい……！

私の顔は今、炎のように真っ赤になっているはずだ。

だけれどアレクシス様は一顧だにせず。

マーガレット様に後のことを頼むと、そのまま城へ歩きだした。

「ア、アレクシス様……自分で歩けますから、下ろしてください……！」

「駄目だ」

私の意見をすげなく断り、アレクシス様はすたすたと歩いていく。

背中と膝の裏に、力強い彼の腕を感じる。

心臓はばくばくと落ち着かなかったけれど、ショックが薄らぎ、代わりに大きな安心感に包まれていった。

✧✧✧

「災難だったわね、サラ」

翌日、マーガレット様が馬車で城を訪ねてくださった。

応接間にお通しして、アレクシス様と並んで、彼女に向かい合う。

マーガレット様によると、コンラッド様とその従者は捕縛され、地方判事によって裁かれることになった。

その場にいたベンが農場で使っている荷馬車の提供を申し出てくれ、コンラッド様と従者は不名誉にも荷車に乗せられて、ガタゴトと町の留置場へ送られていったそうだ。

後日、裁判で私も証言を求められることになるだろう、とマーガレット様は言った。

「後始末を押しつけてしまい、申し訳ありません」

アレクシス様が詫びると、マーガレット様はフンと鼻を鳴らした。

「まったくだわ……でもまあ、サラが無事だったのだから、それで良しとしましょう」

「本当に助かりました。あのとき大伯母様がカラスを遣わしてくださらなかったら、どうなっていたか……」

目を伏せてそんなことを言うアレクシス様を、私は不思議に思って見つめた。

カラスを遣わす？

一体なんのことかしら。

マーガレット様がニヤリと笑みを浮かべた。

「もうサラも当家の一員なのだし、教えてもいいわよね？」

「……………止むを得ません。だが、サラを余計な危険には巻き込まないでいただきたい」

「やあね、そんなことはしないわよ」

「なんのことでしょうか？」

アレクシス様は憂いを帯びた顔を、私の方へ向けた。

「サラ…………大伯母様は、魔女なんだ」

私は口をぽかんと半開きにした。

……魔女？

「魔女って……あの、魔女ですか？　魔法を使ったり、空を飛んだりする？」

「おほほ、この歳じゃ空なんて飛ばないわよ。落ちて骨でも折ったら大ごとでしょう？　わたくしはせいぜい、護身用の魔法アイテムの煙玉を作ったり、カラスを飛ばせて町の見張りをさせているだけ」

「さすがに三百歳では、そこまで無茶はできませんからね」

「さ、さんびゃくさい……？」

「アレクシス、あなた、真顔で冗談を言うのはおよしなさい」

マーガレット様はぴしゃりと言った。

「わたくしはまだ七十五です。三百歳の魔女なんて、おとぎ話の中にしかいないわよ」

「そ、そうですか……」

それでも、魔女というだけで十分おとぎ話のようだ。

噂では、貴族の中にはごく少数、とんでもなく魔力が高くて、攻撃魔法や回復魔法を操る魔法使いや魔女がいるらしい。

けれど、普通に生活していたら、そんな方々に会う機会なんてほとんどゼロだ。

国としても秘匿(ひとく)している情報だし、本人たちも進んで魔女だ魔法使いだとは公言しない。それがなんと、こんなに身近に存在していたなんて……。

私は改めてマーガレット様を尊敬した。

それから彼女は、どうやって私の危機を救ったか教えてくれた。

「わたくしの使い魔のカラスが、あなたが納屋(なや)に連れ込まれるところを見たの。昨日から、見慣れない男二人がこの辺りをうろついているという報告を受けていたので、見回りを強化させていて良かったわ。すぐさまわたくしに連絡が入り、わたくしは城に常駐させているカラスの体を借りて、アレクシスに変事を伝えた。わたくしが走るよりも、城からアレクシスが走った方がずっと速いですからね」

「カラスが飛んできて、いきなり大伯母様の声でしゃべったときは驚きましたが……おかげでサラを助けることができました。感謝します」

アレクシス様が珍しく素直に礼を言うと、マーガレット様はうなずいた。

「そうね。あなたにとってサラはかわいい妻でしょうけれど、わたくしにとっても恩人ですもの。何があっても守らなくては」

「……恩人？」

私は目をぱちくりさせた。

マーガレット様が私の方へ身を乗り出した。

「ええ、サラ。あなたはこの家にかけられた呪いを解いてくれた、恩人なの」

「呪い……とは、なんのお話でしょうか……？」

私が知らないこの家だけの秘密があるのだろうか？

はたして聞いてもいいのだろうかと、おっかなびっくり尋ねると、アレクシス様が沈痛な面持ちで言った。

「……すまない、サラ。今まで言えずにいたのだが……ミドルトン家には、百年前から、病の呪いがかかっているんだ」

「え？　……それでは……もしかして、ロージーも、アレクシス様のご両親も……？」

「ああ。その呪いのせいで病を発症した………黙っていて本当に悪かった。直系の者以外には発症しないから、君には害は及ばない。だが、君の顔を見ると、どうしても言えなくて……」

アレクシス様の苦しそうな顔を見ると、こちらまで苦しくなる。

きつく握られた彼の手に、私はそっと自分の手を重ねた。

「謝らないでください、アレクシス様。私があなたの立場だったら、やはり言えなかったと思います」

「サラ………ありがとう……」

私の手の上に、彼はさらにもう片方の手を、大事そうに重ねた。

自分の手を彼の両手に挟まれた形になる。

アレクシス様の手は大きくて筋張っているけれど、肌は滑らかで温かく、触られると気持ちがいい。

そんな両手にしっかりと挟まれてしまい、私の顔と手は、燃えるように熱くなった。彼の手が火傷しないか心配なくらいだ。

マーガレット様が面白そうにそれを眺めている。

アレクシス様は構わず、まっすぐに私の目を見て言った。

「サラ、これだけは信じてほしい。私は君の能力については何も知らなかった。決して刺繍の力目当てで結婚したわけではないんだ」

「アレクシス様……はい、わかりました」

彼を安心させるように、にっこりとほほえむ。

今はもう、彼が刺繍の力のために結婚したのでも構わないと思えていたけれど、こんな風に真剣に「違う」と否定してもらえると、やはり嬉しかった。

アレクシス様も、心底ほっとしたようだった。

「あの、ですが……本当に私の刺繍に、おそろしい呪いを解くような力があるのでしょうか？私は魔力を少しも持っていないのに……」

まだ半信半疑の私に、マーガレット様がおほほと笑った。

「あなたがたは気づいていなかったのでしょうけれど、わたくしは初めてサラに会ったときからわかっていたわ。あなたには特別な能力があると。あなたは、自分の魔力を針に込めて、刺繍をした服や小物に《守護》の魔法をかけることができるのよ」

《守護》の魔法。

聞き慣れない言葉に驚きつつも、同時に、ぴったりとピースが嵌まったような感覚を覚える。

「……では、慈善バザーの小物が人気だというのも、ロージーの体が回復してきたのも、その魔法で……？」

「ええ。あなたの《守護》の魔法が、それを身に着けている人を病気や怪我から強力に守っているの。あなたの魔力は、本当はとんでもなく強いのよ。けれど、すべての魔力が針を通じ、刺繍をした服や小物へ流れ込んでしまうから、《魔力譲渡》には向いていないというだけ」

マーガレット様の話を聞きながら、長年の胸のつかえが取れたような気がしていた。

私には、魔力がないわけじゃない。

ただ、それが別のところに使われていただけだったんだ。

知らず知らずのうちに、コンラッド様のスカーフは彼を守り「奇跡の騎士」と言わしめたし、アレクシス様に差しあげたサッシュもきちんと役に立っていた。治らないと言われていたロージーの病気も治せた。

自分が無能な役立たずではなかったことが、泣きたいほど嬉しい。

「サラ、わたくしは若い頃、一族にかかった呪いを解くために独学で魔女になったの。わたくしは強い魔力を持っていたし、きっとできると思っていたわ。だけど、魔法にも得意不得意があってね。攻撃系や使役系といった闇魔法を使ったり、煙玉のような魔法アイテムを作ることはできたけれど、《守護》の魔法のように、稀少な使い手だけが操れる神聖魔法は、どうしてもマスターできなかったのよ」

聞き慣れない「神聖魔法」という言葉に、私は目を丸くした。

しかも、「稀少な使い手だけが操れる」って……そ、そんなに大層な能力なのかしら？

マーガレット様が淀みなく話を続ける。

「……それに、強いと思っていたわたくしの魔力も、王都に出てみれば結局そこまですごい力でもなかった。魔女や魔法使いの知り合いも少ないし、強力な魔力を持った人たちは国が秘匿していて、探すこともできないし……わが一族に呪いをかけた魔女は、もうとっくの昔に死んでしまっていたから、見つけ出して呪いを解除させることもできなかったのよ」

「……死んでしまっても、呪いは続くのですか？」

不思議に思って尋ねると、私の隣のアレクシス様がそれに答えた。

「よほど強い恨みだったのだろうな。百年前、ミドルトン一族は国王陛下より伯爵位と領地を賜り、この城に住むことを許された。だが前の城主が去った後、この城は廃城になっていて、その間に、とある魔女の母娘が住み着いていたんだ」

「この城に、魔女が……」

びっくりして呟くと、アレクシス様がうなずいた。

「百年前は今よりも魔女や魔法使いが多く、魔力も強かった。その魔女の母娘も元貴族だったらしいが零落していて、もちろん無許可の不法侵入だった。金もなく、娘は歩くこともできないほどの重い病にかかっていた。せめてその病が治るまでこの城にいさせてくれと頼みこむ魔女を、当時の伯爵は、無理矢理追い出した」

「まあ……」

「新しく領主として来たこともあって、見せしめとしてよけいに厳しく振る舞おうとしたのかもしれない。だが、その後まもなく、魔女の娘は息を引き取った。最愛の娘を失った魔女は伯爵を激しく恨み、自分の命と引き換えに、ミドルトン一族に子々孫々まで続く病の呪いをかけたんだ」

「……そうだったのですか……」

当時の魔女の気持ちを思うと、胸が痛くなる。

けれど、そのことと、関係のない子孫まで巻き込むことは別だ。

ミドルトン家にかけられた呪いが解けて、ロージーが助かって、本当に良かった。

マーガレット様がお茶を飲み、カップをそっと置いた。

「……ねえサラ、魔女であるわたくしの目には、ロージーにとりついている呪いが見えていたのよ。どす黒い不吉な煙のようで、何をしても離れなくて、もどかしくてたまらなかった。あの子もわたくしの弟の息子夫婦のように、弱っていくのを手をこまねいて見ているだけしかないのかと……けれど、あなたがアレクシスのもとへ嫁いでくれて、《守護》の魔力のこもった服をロージーに着せてくれるようになると、呪いはみるみるうちに弱って小さくなった」

マーガレット様の緑の瞳が、きらりと輝いた。

「そして、あの月と星のドレスが決め手だったわ！　あの古き良き神秘の意匠と無垢な水晶がサラの魔法を強化して、百年もの間わが一族につきまとっていた呪いは、ついに消え去ったのよ！　ああ、わたくしがどんなに喜んだことか！」

今度はマーガレット様が私の手をぎゅっと握り、感謝のまなざしで言った。

「ありがとう、サラ。もうわたくしの一族が呪いに苦しむことはないわ。あなたのおかげよ」

「お役に立てて、本当によかったです」

少し照れつつも心からそう言うと、マーガレット様が不敵に笑った。

「これでわたくしはあなたに大きな借りを作ったわ。もしアレクシスがあなたを虐めるようなことがあれば、遠慮なくわたくしに言いなさい？　十倍にして返してあげるから」

「そ、それは大丈夫だと思いますが……！」

「……大伯母様、あなたは私がサラにそんなことをするとでも……？」

アレクシス様が心外そうにじとりした視線を向ける。

けれど、マーガレット様は平然と笑い飛ばした。

「おほほほ。そういえばアレクシスは一年前からサラに片思いしていたのだったわね。そんな心配は無用だったかしら」

「大伯母様！」

「では、わたくしはこれで失礼するわ。これから町で商談があるの。急いでいるので見送りは結構よ」

マーガレット様はエルシーを連れ、応接間を出ていった。

あとには、アレクシス様と私だけが残された。

さっきマーガレット様が言っていた「アレクシスは一年前からサラに片思いしていた」とは、どういう意味なのだろう。

まさか、アレクシス様が、私を……？

顔が熱くなり、私は膝(ひざ)の上の手をぎゅっと握りしめた。

そ、そんなことあるはずがないわ。

たしかにアーチボルド家で最初に顔を合わせたとき、お父様は、アレクシス様が去年の園遊会で私を見初(みそ)めた、と言っていた。

けれど、それはただ周囲を納得させ、「白い結婚」をするための方便のはず。

私自身が園遊会のことを憶えていないのに、こんなに素敵なアレクシス様が、地味で目立たない私のことなんて憶えているわけがないもの……。

いけない、つい自分勝手な妄想をしてしまった。

「サラ」

「はっ、はい……！」

アレクシス様に名を呼ばれ、びくりと体を震わせる。

同じソファに並んで座っている彼は、横顔にいつもと同じ冷然とした表情を浮かべ。

けれどその耳がいつになく赤味を帯びている。

アレクシス様は、どこか困ったような顔で私を見て、告げた。

「大伯母様の言った通りだ。君は憶えていないかもしれないが、去年の園遊会以来、私は君を好ましく思っている。君をシアフィールドへ迎えてからはなおさらだ。一日ごとに、君のことを好きになっていく」

「っ！」

私は頭からつま先まで真っ赤になった。

だけど、アレクシス様の頬も赤く染まっていて、いつもの余裕はない。

今は全然「氷の伯爵」には見えなくて……けれど、その真剣な表情が、とても愛おしい。

「……私から『白い結婚』をしようと言い出したのに、呪いが解けた途端にこんなことを言われても困るだろう。迷惑だったら、もう二度とこの話はしない。君はこれまで通りの生活を続けてほしい……だが、もしも、私の提案を受け入れてくれるのなら………」

アレクシス様は、真摯な黒い瞳を私に向けた。

「私と、本当の夫婦になってくれないか？」

その言葉を聞いて、初めて。

どれだけ自分の願いを叶わないものだと決めつけ、押し殺していたのかを知った。

これは「白い結婚」だから。

契約書にサインもしたから。

彼から愛されることなどありえないと思っていた。

願ってはいけないと言い聞かせていた。

だけど私は心の底で、ずっとそれを切望していたのだ。

アレクシス様と、真に愛し合う夫婦になることを。

泣きたいほど嬉しくて、くすぐったくて、真っ赤な顔でぎこちなくほほえみながら。

私は心をこめて、返事を伝えた。

「……はい。喜んで」

「っいいのか？」

「こっ、こちらこそ……本当に私でいいのですか？」

急に自信がなくなってきてそう尋ねると。

アレクシス様は、くしゃっと相好を崩した。

「当然だろう？　私は君が好きだ。君でなければ駄目なんだ」

大きな手が伸びてきて、私の頰に触れる。

さっきからドクドクとうるさい心臓が、さらに激しく暴れだす。

心臓麻痺になりそうだったけれど、そうなる前に、これだけは伝えておきたい。

「……わ……私も…………あなたが好きです」

最後の「す」を言い終わった瞬間。

アレクシス様が、私に口づけをした。

甘い蜜のような、眩しい雷電のような、そんな口づけだった。

✧
✧
✧

澄んだ青空に、にぎやかな音楽隊の演奏と、人々の笑い声が響き渡る。

今日は秋の収穫祭だ。

町は広場を中心に華やかに飾りつけられ、果物やチーズ、ソーセージやペストリーなど、美味しそうな食べ物の屋台がずらりと並ぶ。

人形劇や大道芸に演奏会、昼はパレード、夜は花火と、楽しい催しも盛りだくさんだ。いつもはのどかな町が、今日はどこもかしこも人であふれている。

王都の上品な収穫祭とはまったく違う、農村地帯シアフィールドの本気で収穫を祝うお祭りに、私は朝から圧倒されっぱなしだった。

ミリアムとお父様、お母様も、この盛大なお祭りを見たらさぞ驚くでしょうね――そう思い、私だけが幸せであることに、胸がちくりと痛んだ。

あの騒動の後、ミリアムから一通の手紙が届いた。

ミリアムは、コンラッド様の逮捕と複数の浮気が原因で別居中で、その心労がたたって体調を崩しているのだそうだ。

両親もそのせいでかなりやつれてしまい、一気に老け込んだ、と書いてあった。

裁判の結果、シアフィールドの地方判事から有罪を申し渡されたコンラッド様は、高額の罰金を支払ってようやく釈放された。

しかし王都に帰ってもミリアムに見放され、怪我のリハビリをきちんとしていなかったために思うように剣も振るえず、騎士団からも除名されたということだ。

元々鍛錬もさぼりがちだったようで、「奇跡の騎士」という名前にあぐらをかいて戦場でも逃げ隠ればかりしていたらしい。その上、前科まで加わったのだから、当然かもしれない。

騎士団において強い発言権を持つアレクシス様が、強硬に除名を主張したという噂も聞いたけれど……真偽のほどは未確認だ。

この国において、貴族男性が騎士団から除名されるということは、社会的に抹殺されることと同義だ。

そのせいかミリアムの手紙の最後には、先日のシアフィールド訪問の際の簡単な謝罪と共に、こう書かれていた。

『コンラッドとは離婚します。再婚相手を探すので、ミドルトン伯爵のお知り合いの、独身で裕福でハンサムな高位貴族男性を紹介してください』

三日ほど悩んだ末、私はミリアムへ返事をしたためた。

コンラッド様との離婚は賛成だけれど、次は、相手の身分や外見ではなく、あなたを大事にしてくれる人を選んだ方がいい、と、精一杯言葉を尽くして。

このままでは、再婚をしてもまた同じような結果になるような気がしたからだ。

ミリアムからの返事は、まだない。

物思いを、ロージーの明るい声が破った。

「サラお姉さま、後であの出店のペストリーを食べませんか？」

「ええ、いいわよ、ロージー」

「アレクシス、喉が渇いたわ。リンゴのシードルを買ってきてちょうだい」

「……大伯母様、たしか先日、禁酒すると宣言されたばかりでは？」

私たち四人――アレクシス様、マーガレット様、ロージー、そして私――は、収穫祭の主会場である広場を歩いて回っていた。

執事や従僕、侍女たちは連れていない。今日ばかりは、ジョンソンをはじめとする城の使用人たちにも休暇を出し、自由に収穫祭を楽しんでもらっているのだ。

この後、広場の舞台上で、領主であるアレクシス様の挨拶が予定されている。

お祭りに来ている人たちからも、アレクシス様はさっきからひっきりなしに声をかけられていて、せわしない。

そんな彼が、いつの間に買ったのか、マーガレット様にシードルを手渡していたのがほほえましかった。

そうしている内に、アレクシス様の挨拶の時間が近づいてきた。

舞台を中心に人々が集まりだし、司会が口上を述べはじめる。

私たちは天幕の下の貴賓席へ移動した。

「それでは、われらが領主、シアフィールド伯アレクシス・ミドルトン様のご挨拶です！」

司会がそう告げると、大きな拍手が沸き起こった。

「がんばってくださいね」と言った私の手を、アレクシス様がぎゅっと握った。

「では、行こうか」

「……え？　ア、アレクシス様？」

ぐいぐいと手を引かれるまま、私は彼に連れられて、なぜか一緒に舞台上へ登ってしまった。

目の前には、大きな広場を埋め尽くした、たくさんの観衆。

全員が私たちを注視し、しんと静まり返る。

少しも動じていないアレクシス様とは違い、私は青ざめて固まっていた。

「アレクシス様……」

「大丈夫。私がいるから」

アレクシス様の優しい声とまなざし、それから繋いだ温かい手の感触に、注目を浴びることは苦手な私も、不思議と心が静まってくる。

彼は大勢の観衆へ向き直った。

この場に集まった全員に、朗々としたよく通る声で、語りかける。

「皆、この一年間良く働いてくれた。そのおかげで今年も豊作に恵まれ、こうして盛大な収穫祭を催すことができた。今日は存分に楽しんでほしい」

わあっと歓声が上がり、笑顔がはじける。

晴れやかな顔つきのアレクシス様に、私も胸がいっぱいになった。

そのアレクシス様が、ふいに私を見た。

繋いだ手に力をこめて、再び、観衆の方へ語りかける。

「それから、今日は皆に紹介したい人がいる。私の愛する妻、セラフィナだ。どうか彼女のことも、私と同様に、温かく見守ってほしい」

再び、大きな歓声が広場を埋め尽くす。

え？　ど、どうすればいいの!?

全身の血が沸騰したようだった。

パニックになり、顔は真っ赤に、頭の中は真っ白になる。

私は何も考えられず、ぎこちなく首を曲げてアレクシス様を見上げた。

すると彼は私の耳元に、優しく囁いた。

「皆、君を歓迎しているよ。笑って、サラ」


——ああ、やっぱり不思議だわ。

いつだってアレクシス様は、魔法のように、私に力を与えてくれるのだから——


ごくりと唾を飲みこむ。

そしてゆっくりと、お祭りに集まった人々の方を向いた。

そこには、私を温かく迎え入れてくれるシアフィールドの皆の笑顔があふれていた。

農作業で日に焼けた、ベンやバーナードやアンナの朗らかな顔を見つけた。

普段着のジョンソンやクレアたちの、にこやかな顔もあった。

天幕の下のマーガレット様とロージーも、誇らしげにこちらへ手を振ってくれている。

胸の中が、陽だまりのようなぽかぽかした気持ちで満たされてゆき。

気がつくと、自然に顔がほころんで、私は皆に手を振っていた。

隣には愛する人がいて、しっかりと手を握っていてくれる。

はじまりは「白い結婚」だった。

けれど、アレクシス様と結婚して、右も左もわからないままシアフィールドへやって来て、三か月。

今、彼の妻として私の目に映る景色は、こんなにも色鮮やかで。

美しい秋空の下で、これからもアレクシス様の隣にいられる幸せに、私は心から感謝した。

お針子令嬢と
氷の伯爵の
白い結婚

断章 氷の伯爵の恋わずらい

初めて彼女に会ったのは、去年の園遊会だった。

普段はシアフィールドで領地の管理運営をしているため、人の多い王都の、しかも王宮で開催される華やかな園遊会へ出席するのは気が滅入った。

しかも、そのような催しへ参加すれば、必ずと言っていいほど四方八方から女性が寄ってくるのだ。

自分の身分や外見が不動産物件のように勝手に品定めされ、見も知らぬ女性たちから先を争うように言い寄られるのは、我慢がならなかった。

ミドルトン家が魔女に呪われた一族だと知れば、彼女たちの誰一人、私に近づこうともしないだろうに。

不機嫌な態度で女性を突っぱねていたら、いつの間にか「氷の伯爵」などという呼び名を与えられていたようだが、どうでもいい。

私は貴族の義務を果たすため心を無にして園遊会をやり過ごし、「淑女修行としてどうしても王宮の園遊会に行きたいですわ！」とごねてついてきた妹のロージーを連れて、一刻も早くシアフィールドへ戻ることだけを考えていた。

ところが、ふと目を離した隙に、ロージーを見失ってしまった。

私は着飾った人々のあいだを縫って、必死に妹を捜した。

両親を失い、他に血縁と言えば気難しい大伯母しかいない私にとって、妹のロージーは何より大切な家族だった。

王宮という場所は一見華やかだが、一皮めくれば、貴族という魑魅魍魎の巣窟だ。

そんな場所で大事な妹を一人にしてしまった自分を責めながら、私は園遊会の会場である王宮の広大な庭を駆けずり回った。


「あっ、お兄さま！」

妹を見つけたのは、会場の一番端の、ここから先は王宮の森という寂しい場所だった。

「ロージー！　なぜこんなところにいるんだ！」

安心したせいか、つい咎めるような声を出してしまう。

一緒にいた若い女性が、ロージーをかばうように前に出た。

「あの、すみません。このお嬢様が迷子のようだったので、一緒にお連れの方を捜していたのです。そしたら……」

「お兄さま、このお姉さまは悪くないのです。ただ、わたくしと一緒にお兄さまを捜してくださっただけですわ。けれど、この森の近くまで来たらリスを見かけたので、かわいくてつい、こんなところまで追いかけてしまったのです。悪いのはわたくしですわ！」

「いえ、私が悪いのです。初めて本物のリスを見たので、つい刺繍の図案にしたいと一緒に追いかけて……あ、な、なんでもありません。とにかく、大事なお嬢様を捜させてしまい、申し訳ありませんでした」

「違うんですのよ、お兄さま。わたくしの方が……」

「……わかった。もういい」

交互に謝られてすっかり毒気が抜けてしまった。

私は軽く息を吐き、栗色の髪に薄緑色の目をした女性に向き直った。

こんな場所までロージーに付き添ってくれただけあって、優しそうな令嬢だ。

「妹を保護してくださったことを感謝します。私は……」

名乗ろうとしたときに、一人の男が駆け寄ってきた。

栗色の髪の令嬢が、パッと頬を染める。

「おーい、セラフィナ！　こんなところにいたのか。やっと見つけたよ」

「コンラッド様！」

とたんに、彼女の薄緑色の瞳に宿った輝きを見ると。

私はなぜか、面白くないと感じた。

馴れ馴れしく彼女に近づき腰に手を回した男が、つい先ほど、会場で別の女性を親しげに口説いていたデクスター子爵令息だと気づいたので、よけいに苛立つ。

「奇跡の騎士」などと呼ばれているが、彼は戦場では魔物から逃げてばかりで、しかも極度の女たらしということでも有名だった。

彼はこちらへ会釈だけして、さっさと園遊会へ戻ろうとした。

栗色の髪の令嬢が、私たちの方へくるりと振り向く。

その一瞬、彼女は私を振り返ったのだと自惚れた。

けれど違った。

彼女は私の隣のロージーを振り返り、温かなほほえみを浮かべて、手を振ったのだ。

そのあとで、私にも小さく会釈をした。

いつまでも手を振るロージーの横で、自分でも形容のできない感情を抱きながら、私は彼女の後ろ姿を見送った。

✧✧✧

大伯母から、王都で花嫁を見つけて連れ帰ってこい、との厳命を受けたのは、ロージーが病を発症して数か月後のことだった。

妹が不治の病にかかったというのに何の冗談だ、と最初は反発した。

だが、落ち着いて考えれば、それはロージーに「義姉」という新しい家族を作ってやれる、最後のチャンスでもあった。

母親を早くに失ったせいか、ロージーは淑女というものに強い憧れを抱いていた。

優しく気品のある芯の強い女性。

そんな淑女を新しい家族として連れてきたら、弱ったロージーの心にも光を灯せるかもしれない。

もしもその淑女が「白い結婚」を承諾してくれればの話だが。

そのとき私の脳裏に浮かんだ女性は、園遊会で一度会っただけのセラフィナ・アーチボルド子爵令嬢、ただ一人だった。

あのときの出会いはなぜか鮮烈に私の記憶に残っていた。

王都へ行けば、彼女にも会えるだろうか。

デクスター子爵令息と婚約しているようだが、貴族の約束などあてにならないし、あの男の軽薄そうな様子ならなおさらだ。

けれどまさかセラフィナ嬢もロージーも、園遊会での出来事をすっかり忘れているとは、そのときは思いもしなかったが。

契約結婚を承諾し、私の妻となったセラフィナ——サラは、春風のように優しく可憐な女性だった。

王都育ちの彼女だが、片田舎であるシアフィールドへの道中も文句ひとつ言わず、逆に「次々に違う景色が見られて、とても楽しいですわ」と喜んでくれた。

慣れない馬車旅で疲れているだろうに、けなげにも早起きをして、鍛錬を終えた私にレモン水の差し入れまでしてくれた。

城に着くと、サラは早々に城の切り盛りを覚えようとし、その熱心さには執事のジョンソンも舌を巻いていた。

気難しい大伯母にまで、いつの間にか気に入られていた。サラがいびられるかもしれないという心配は、杞憂だったようだ。

そして、サラはロージーともすぐに仲良くなった。憧れの淑女が義姉になったら喜ぶだろう、などという私の打算を超えて、ロージーがみるみる元気になっていった様子は、にわかには信じられないほどだった。

臥せっているロージーのためにと、寝る間も惜しんで服を作り刺繡をする彼女の姿は、私にはまるで聖女のように見えた。

その上サラは、私の友人フレデリックが抱いていた血への恐怖心さえ克服させてしまったのだ。過去の痛ましい出来事により、彼は長年、剣を握れなかったというのに。

まさか本当に聖女なのだろうか？


けれど、気高く優しい心を持つ彼女は、同時にたいへん愛らしくもあり。

サラが私の朝帰りを誤解して夜も眠れなかったと知った日は、妻のあまりのかわいらしさに、私は即座に「白い結婚」の契約書を破り捨てたくなった。

彼女が真実、自分の妻であったなら、どんなにいいだろう。

だが、わが一族には消すことのできない呪いがかかっているのだ。

たとえ私が病を発症しなくても、子が、孫が、どこかで必ず発症する。

彼女にまでそんな運命を背負わせるわけにはいかない。


魔物出現の通知を受け、戦地へ赴くと告げたら。

サラは、昨年の園遊会で彼女の輝く瞳に映っていたあの元婚約者のことよりも、私のことを心配してくれて。

私のために作ったという、ミドルトン家の四つの百合(ゆり)の紋章が刺繍された美しいサッシュを差し出してくれた。

そのとき、心に決めた。

呪いのせいでサラと本当の夫婦になることはできなくとも、せめてこの命あるかぎり、彼女を守り抜こう、と。


ところが、サラは《守護》の魔法によって、一族の呪いさえも解いてしまった。

守られているのは、もしかしたら、私の方なのかもしれない。

✧✧✧

収穫祭の翌日。

初めて、サラと共に朝を迎えた。

――慣れない酒に酔ったサラを介抱したまま、私も眠ってしまっただけなのだが。

「大変、申し訳ありませんでした……！」

白い朝日の差す私のベッドの上で。

昨日のドレス姿のまま目覚めたサラは、開口一番(かいこういちばん)、蒼白(そうはく)な顔で謝った。

私は苦笑しながら、厨房からもらってきた冷たいレモン水を彼女に差し出した。

「謝る必要はないよ。収穫祭の疲れもあったのだろうし。ほら、これを飲んで」

「あ……ありがとう……ございます」

慚愧に耐えないといった顔をしながら、サラは素直にレモン水を飲んだ。

それで、少しは気分がましになったようだ。

「……おいしいです」

「よかった。体調は大丈夫？」

「はい………………あの、ごめんなさい。わ、私……アレクシス様のベッドで、図々しくも眠ってしまって………………」

「なぜ？　夫婦なのだから、同じベッドで眠ってもおかしくないだろう？」

「……っ！」

白かった顔が、途端に赤く染まる。

私の「氷の伯爵夫人」は、今日も感情豊かでかわいらしい。

もっと近くで眺めたくなり、私はサラのそばに座り、顔を寄せた。

「こんなに広いベッドなのだから、君の場所は十分にあるよ。今日からはここで一緒に眠る？」

「ア、アレクシス、様……」

燃えるように真っ赤な顔で戸惑う彼女に、少々やり過ぎたかと反省する。

彼女と気持ちが通じ合って以降も、相変わらず夫婦の寝室は別々だった。私としては当然同じ寝室が良いのだが、あまり強引に事を運び、恥ずかしがり屋のサラに嫌われたくはない。

「そろそろ朝食にしようか」と話を変え、立ち上がりかけたとき。

くいっ、と何かに引っ張られた。

見ると、サラが決死の表情で、私のシャツの袖をつまんでいる。

「……サラ?」

「………ほ、本当に、…………いいのですか?」

「何が?」

「…………夜も、アレクシス様のおそばにいても…………」

気がついたら、私はサラを抱きしめていた。

嫌われたくないとか今はまだ朝だとか、そうした理屈はすべて吹き飛び、ただ、彼女が愛おしい。

栗色の髪からのぞく耳に、口づけするように答える。

「もちろんだ、サラ……愛している」

「アレクシス様……私も、愛しています……」

見つめ合い、唇が重なり合う、その直前。

強めのノックが響き渡った。

扉の向こうから、ジョンソンの控えめだが切羽詰まった声が告げる。

「おはようございます、ご主人様、奥様。マーガレット様が火急の用件があるということで、城へお越しになっておりますが……」

私はサラと顔を見合わせると、ジョンソンに答えた。

「わかった。すぐに行く」

エピローグ

まだほてった顔のまま、私はクレアに手伝ってもらい、急いで身支度(みじたく)を整えた。

さすがに昨日収穫祭へ行ったドレスのままでは、マーガレット様にお会いできない。

ドレッサーの前に座り手早く髪を整えてもらいながらも、気がつくと、さっきのアレクシス様との一部始終を思い出していた。

気持ちが通じ合ってからも、アレクシス様とは別室のままだった。

本当の夫婦になろうと言われたら、どうしたって、これからは一日中一緒にいられるのだと期待してしまうだろう。

けれど、いつまでたっても、やはり部屋は別室のままだった。

だから私は、これは自分に魅力がないせいなのかしらと真剣に思い悩んでいた。

お酒を飲み過ぎたせいで収穫祭の記憶が途中から飛んでいるけれど、その間にアレクシス様に変なからみ方をしなかったか、非常に心配だ。

そんな状況での、先ほどのやりとりだった。

思い出しただけで、ときめきが止まらない。

「奥様、動かないでくださいね」

「っ、はい……」

鏡の前で注意されて、私はぴたりと動きを止めた。

クレアが鏡ごしにほほえみかける。

「奥様がこの城へ来てくださって、本当に良かったです。一度はこの城でミドルトン家の血を引く方は旦那様だけになってしまって……まさに氷の城のようでした。それが今は、奥様がいらっしゃって、もうすぐロージー様もお戻りになられて……雪がとけて花が咲いたようだと、使用人たちも皆、とても喜んでいるのですよ」

いつもは余計なことは言わないクレアにそんなことを言ってもらえるなんて、嬉しさもひとしおだった。

私は鏡の中の彼女へ言った。

「ありがとう、クレア。ここに来ることができて、私もとても幸せよ」

クレアは笑みを深めた。

本当に、こんなに幸せでいいのだろうかと思うほど、私は幸福だった。

最初は「白い結婚」だったけれど、これからはアレクシス様と本当の夫婦になれる。

ロージーやマーガレット様とも、本当の家族として、ずっと一緒にいられる。

幸せ過ぎて、怖いくらいだった。

身支度を終えて大急ぎで玄関ホールへ向かうと、先に来ていたアレクシス様が、椅子に座るマーガレット様に寄りそっていた。

かたわらには、気遣わしげな顔をしたエルシーの姿もある。

尋常ではない空気だった。

「マーガレット様」

思わず声をひそめて名を呼ぶ。

一体何が起きたのだろう。

マーガレット様の顔色がひどく悪い。

そばの壁には杖が立てかけてあるけれど、彼女が杖をついている姿など、これまで一度も見たことがない。

ぐったりと椅子の背にもたれかかった彼女は、とぎれとぎれに言った。

「アレクシス、サラ……大変なことが起こったわ……」

「大伯母様、何があったのですか？」

落ち着かせるように、アレクシス様が穏やかな声で尋ねる。

私は息を呑んでマーガレット様を見守った。

彼女は絶望的な表情で、それを告げた。

「……呪いが、発症したようなの。わたくしに……それも、以前にもまして強力な…………」

ぐん、と、私たちの周囲が一気に冷え込んだようだった。

そんなはずがないのに。

だって、呪いは消えたはずで。

先日、マーガレット様は確かに、ミドルトン家にかかっていた呪いは解けたと言っていた。

百年前に呪いをかけた魔女は、もう死んでいる、とも。

だから、もしも今マーガレット様が呪いにかかっているとしたら、それは誰かが新しく彼女に呪いをかけたということになる。

そして、その新たな呪いには、私の刺繍が持つ《守護》の力は効かないのかもしれない。

マーガレット様の家には私がこれまでに贈ったいくつかの小物が置いてあるはずだし、それに何より、今この瞬間も、私がプレゼントした毛糸刺繍のショールを、彼女は身に着けているのだから。

私の刺繍など嘲笑うかのように、誰かがマーガレット様を呪っている。

だけど、誰がなぜ、そんなことをするのだろう?

私は黙りこんだアレクシス様の方を見た。

いつも通りの無表情に見えたけれど、そうではなかった。

黒い瞳に、いつもの光がない。

黙っているのではなく、言葉を失っている。

生まれたときから苦しめられていた魔女の呪いがやっと解けたと思った矢先に、今度はかけがえのない大伯母様が、より強い呪いにかかったと聞かされたのだ。

彼は、ひどく打ちのめされていた。

その姿を見るだけで胸がしめつけられた。

これ以上、彼から大切な人を奪わせたくない。

私はマーガレット様に近づき、その背中にそっと触れた。

「マーガレット様……元気を出してください。きっと、何か方法があるはずです」

重い空気を破るように、彼女を励ます。

アレクシス様が私を見た。

その黒い瞳をまっすぐに受けとめる。

いつも私を勇気づけてくれるアレクシス様を、今度は私が勇気づけられるように。

「アレクシス様。私、マーガレット様の呪いを解くためなら、なんでもします。ですから……」

彼は、無理をしてほほえんだ。

「ありがとう、サラ」

……違う。

そんな顔をさせたいわけではないのに。

これではアレクシス様を勇気づけるどころか、逆に気を遣わせているだけだ。

それ以上私が何も言えずにいると、彼は、私の頭に手を乗せた。

そして、子どもにするように、頭をなでた。

見上げると、彼は「心配いらない」というような顔を私に向けている。

……やっぱり気を遣わせてしまっているわ……。

私はぎゅっと拳(こぶし)を握りしめた。

頼りない自分が悔しかった。

私にもっと強い魔力があれば、もうアレクシス様に悲しい思いをさせずにすむのに……。

アレクシス様はすでに気持ちを切り替えたようで、てきぱきとマーガレット様に尋ねた。

「大伯母様、呪(のろ)いをかけた者に心当たりは？　呪いの種類はわかりますか？」

「……それが、何もわからないのよ……元々魔法を使える知り合いも少ないし、ミドルトン家に呪いをかけた魔女の一族は、とっくに絶えたはずだし……」

「絶えてなどいない」

突然、なじみのない声がすぐ近くで聞こえて、皆が一度に声のした方を向いた。

開いたままの玄関扉の内側に、見知らぬ人間が立っている。

いや、見知らぬ人間ではなかった。

アレクシス様の遠征中に、ロージーのドレスの材料を届けてくれた、若い商人。

プラチナブロンドで片目の隠れたあの青年が、そこにいた。

けれど今日は商人の服ではなく、金糸で刺繡され飾り紐のついた黒のローブをまとっている。

まるで、おとぎ話に出てくる魔法使いのように。

アレクシス様が即座に剣を抜いた。

青年が不敵に笑った。

「いいのか？　俺を斬れば、呪いは解けなくなるが？　それに、今回はそこの奥様の刺繡の力だって及ばない。なにしろとっくの昔に死んだ魔女ではなく、生きている魔法使いが現在進行形で呪っているんだからな」

「……あなたが呪いをかけたの？」

おそるおそる尋ねると、彼は心外だという顔をした。

「は？　俺？　違うよ。俺は取引をしに来たんだ」

「取引……？」

「そうだ。あんた、その人にかけられた呪いを解きたいんだろう？　条件次第では、呪いを解く魔法を、俺があんたに教えてやってもいい」

「え……」

思ってもみない言葉に、心臓がどくどくと早鐘を打ちはじめる。

アレクシス様が、ひやりとするような声で言った。

「サラ、その男を見るな。魔法使いには《魅了》の魔法を使う者がいる」

剣を構えたまま、アレクシス様は私を背中に隠すように前に出た。

魔法使いは、きれいな顔を歪めて笑った。

「……へえ、詳しいな。さすがは伯爵様、博識なことで」

アレクシス様は相手に切っ先を向けながら、射殺すような目つきで言った。

「名を名乗れ」

彼は私たちをぐるりと見渡し、最後にアレクシス様と目を合わせると。

挑むように名乗った。

「俺はエヴァン。魔女の一族の、頭領だよ」

お針子令嬢と
氷の伯爵の
白い結婚

・あとがき

はじめまして、岩上翠と申します。

このたびは『お針子令嬢と氷の伯爵の白い結婚』をお手に取っていただき、誠にありがとうございます。

本作は「小説家になろう」にて発表した作品です。

執筆前の段階では「たくさんの人に楽しんでもらえるような王道の展開を書こう」「刺繍(ししゅう)がモチーフの、ほのぼのとした優しいラブストーリーにしよう」と決めて書きました。

実は、「これは王道です」とはっきり言えるような小説を書くのは今回が初めてだったのですが、たくさんの方に読んでいただき、「小説家になろう」のランキングに載り、初めて出版社様よりお声をかけていただくことができました。

せっかく本になるのだから、Ｗｅｂ版の良さを残しながら書籍としても面白い作品にしたいと、担当様からアドバイスをいただき、読者様からのご感想も参考にしながら、大幅に加筆修正しました。

文字数が元の倍以上に増え、サラの心理描写を増やしたり、刺繍の描写を増やしたり、侍女たちの出番を増やしたり、新キャラを登場させてアレクシスをやきもきさせたりと、充実した内容になったのではないかと思います。

Ｗｅｂ版も、引き続きお楽しみいただけます。本書には載っていないショートストーリーなどもありますので、よかったらそちらも覗いてみてくださいませ。

そしてなんと、この作品はコミカライズされます！

コミックアプリのマンガワンにて、サザメ漬け先生がサラやアレクシスを生き生きと描いてくださる予定なので、ぜひご覧になってくださいね。


出版に当たっては、たくさんの方々にお世話になりました。

まずはＷｅｂ版を読んで、感想や評価や誤字報告をくださったみなさま、ありがとうございます。みなさまがサラとアレクシスを応援してくださったおかげで、この本が生まれました。

担当編集の渡部様には大変お世話になりました。ありがとうございます！

イラストとコミカライズを担当してくださったサザメ漬け先生、サラたちを素敵に描いてくださり、心より御礼申し上げます。

出版に関わってくださった全てのみなさま、それから、いつも支えてくれる家族にも感謝します。

そして何より、この本を手に取ってくださったあなたに最大の感謝を。

またお会いできますように。

岩上翠

Character
セラフィナ

アレクシス

ガガガ文庫4月刊

シスターと触手　邪眼の聖女と不適切な魔女

著／川岸殴魚（かわぎしおうぎょ）
イラスト／七原冬雪（ななはらふゆき）

あやしく微笑むシスター・ソフィアのキスで覚醒する少年シオンの最強の能力、それは『触手召喚』だった！　そんなの絶対、嫌だ！　己の欲望を解放し、正教会の支配から世界をも解放するインモラル英雄ファンタジー！

ISBN978-4-09-453188-6（ガか5-35）　定価858円（税込）

スクール＝パラベラム2　最強の傭兵クハラは如何にして学園一の美少女を怪獣に仕立てあげたか

著／水田 陽（みずた あきら）
イラスト／黒井ススム（くろい）

おいおい。いくら俺が〈普通の学生〉を謳歌する〈万能の傭兵〉とはいえ、本気の有馬風香――あの激ヤバモンスターには勝てないぞ？　テロと陰謀の銃弾が飛び交う学園の一大イベントを、可愛すぎる大怪獣がなぎ倒す！

ISBN978-4-09-453187-9（ガみ14-5）　定価836円（税込）

帝国第11前線基地魔導図書館、ただいま開館中2 王国研修出向

著／佐伯庸介（さえきようすけ）
イラスト／きんし

「出向ですわ♡」「嫌すぎますわ♡」皇女の指令により「王国」の図書館指導と魔導司書研修に赴いたカリアは、陰謀に巻き込まれ――出向先でも大暴れの魔導書ファンタジー！

ISBN978-4-09-453181-7（ガさ14-2）　定価836円（税込）

ノベライズ

マジで付き合う15分前　小説版

著／栗ノ原草介（くりのはらそうすけ）
イラスト／Perico（ペリコ）・吉田ばな（よしだ）　原作／Perico（ペリコ）

十数年来の幼なじみが、付き合いはじめたら――。祐希と夏葉、二人のやりとりがあまりに尊いと話題沸騰！　SNS発、エモきゅんラブコミックまさかの小説化！

ISBN978-4-09-453174-9（ガく2-10）　定価792円（税込）

ガガガブックスf

お針子令嬢と氷の伯爵の白い結婚

著／岩上 翠（いわかみ すい）
イラスト／サザメ漬け（づ）

無能なお針子令嬢サラと、冷徹と噂の伯爵アレクシスが交わした白い結婚。偽りの関係は、二人に幸せと平穏をもたらし、本物の愛へと変わる。さらに、サラの刺繍に秘められた力が周囲の人々の運命すら変えていき――。

ISBN978-4-09-461171-7　定価1,320円（税込）

GAGAGA

ガガガブックスf

お針子令嬢と氷の伯爵の白い結婚

岩上 翠

発行　2024年4月23日　初版第1刷発行

発行人　鳥光 裕

編集人　星野博規

編集　渡部 純

発行所　株式会社小学館
〒101-8001 東京都千代田区一ツ橋2-3-1
［編集］03-3230-9343 ［販売］03-5281-3556

カバー印刷　株式会社美松堂

印刷　図書印刷株式会社

製本　株式会社若林製本工場

Printed in Japan ISBN978-4-09-461171-7

第19回小学館ライトノベル大賞
応募要項!!!!!!!!!!!!!!!!!!!!!!!!!!!!

ゲスト審査員は田口智久氏!!!!!!!!!!!!

（アニメーション監督、脚本家。映画『夏へのトンネル、さよならの出口』監督）

大賞：200万円＆デビュー確約

ガガガ賞：100万円＆デビュー確約

優秀賞：50万円＆デビュー確約

審査員特別賞：50万円＆デビュー確約

スーパーヒーローコミックス原作賞：30万円＆コミック化確約
（てれびくん編集部主催）

第一次審査通過者全員に、評価シート＆寸評をお送りします

内容 ビジュアルが付くことを意識した、エンターテインメント小説であること。ファンタジー、ミステリー、恋愛、ＳＦなどジャンルは不問。商業的に未発表作品であること。
（同人誌や営利目的でない個人のWEB上での作品掲載は可。その場合は同人誌名またはサイト名を明記のこと）

選考 ガガガ文庫編集部＋ゲスト審査員 田口智久
（スーパーヒーローコミックス原作賞はてれびくん編集部による選考）

資格 プロ・アマ・年齢不問

原稿枚数 ワープロ原稿の規定書式【１枚に42字×34行、縦書き】で、70～150枚。

締め切り 2024年9月末日 ※日付変更までにアップロード完了。

発表 2025年3月刊『ガ報』、及びガガガ文庫公式WEBサイト GAGAGA WIREにて

応募方法 ガガガ文庫公式WEBサイト GAGAGA WIREの小学館ライトノベル大賞ページから専用の作品投稿フォームにアクセス、必要情報を入力の上、ご応募ください。

※データ形式は、テキスト（txt）、ワード（doc、docx）のみとなります。
※同一回の応募において、改稿版を含め同じ作品は一度しか投稿できません。よく推敲の上、アップロードください。
※締切り直前はサーバーが混み合う可能性があります。余裕をもった投稿をお願いします。

注意 ○応募作品は返却致しません。○選考に関するお問い合わせには応じられません。○二重投稿作品はいっさい受け付けません。○受賞作品の出版権及び映像化、コミック化、ゲーム化などの二次使用権はすべて小学館に帰属します。別途、規定の印税をお支払いいたします。○応募された方の個人情報は、本大賞以外の目的に利用することはありません。